생각을 키우는

탈무드 이야기

통합 교과 연계 추천 도서

2학년 1학기 우리들의 꿈
2학년 2학기 모두 다 소중해

도덕 교과 연계 추천 도서

3학년 2학기 5단원 함께 지키는 행복한 세상
5학년 1학기 1단원 아름다운 사람이 되는 길
5학년 2학기 5단원 웃어른을 공경해요
6학년 1학기 3단원 갈등을 대화로 풀어 가는 생활
6학년 2학기 5단원 배려하고 봉사하는 우리

진짜진짜 공부돼요 2

생각을 키우는 탈무드 이야기

2013년 12월 27일 초판 1쇄
2022년 3월 15일 초판 10쇄

엮음 김숙분 그림 유남영
펴낸이 김숙분 디자인 김은혜·김바라 영업·마케팅 이동호
펴낸 곳 (주)도서출판 가문비 출판등록 제 300-2005-60호
주소 (06732) 서울 서초구 서운로 19, 1711호(서초동, 서초월드오피스텔)
전화 02)587-4244/5 팩스 02)587-4246 이메일 gamoonbee21@naver.com
홈페이지 www.gamoonbee.com 블로그 blog.naver.com/gamoonbee21/
제조국 대한민국 사용 연령 8세 이상
주의사항 종이에 베이거나 긁히지 않게 조심하세요.

ISBN 978-89-6902-009-3 63890

생각을 키우는
탈무드
이야기

김숙분 엮음 | 유남영 그림

전 세계에 흩어져 있는 유대인은 세계 인구의 0.25%로 약 1700만 명에 불과하지만 역대 노벨상 개인 수상자 중 22%가 유대인이에요. 즉 5명 중 1명이 유대인인 셈이에요. '유대인은 우수하다.'고 흔히들 말해요. 과학자 아인슈타인, 심리학자 프로이트, 지휘자 번스타인, 미국의 전 국무장관 키신저 등 여러 분야에 걸쳐 세계의 정상을 차지했던 유대인들은 셀 수 없이 많아요.

유대의 5000년 역사는 박해의 연속이에요. 제 2차 세계 대전 후 이스라엘이 건국되기까지 유대인은 고국 없이 떠도는 유랑 민족이었어요. 그 어느 것도 유대인을 지켜 주지 못했어요. 그런데도 유대인 특유의 실력은 어디에서 나온 것일까요?

유대인 부모들은 자녀와의 대화를 아주 중요하게 생각해요. 대화하면서 사랑을 느끼고 서로의 감정을 읽어요. 탈무드는 유대인의 지혜가 담긴 보물 창고예요. 탈무드의 주된 내용은 랍비와 제자들이 대화하며 토론을 벌이는 거예요. 유대인들의 대화법이란 바로 탈무드 식 대화법이에요. 누구도 **빼앗아** 갈 수 없는 지식과 지혜를 유대인들은 이렇게 해서 얻었어요.

이 책은 현행 초등학교 도덕 교과서와 연계하여 탈무드의 주제를 분류한 뒤 어린이들이 꼭 읽어야 할 내용을 엄선하여 실었어요. 여러분이 이 책을 읽으면서 지혜를 얻게 되면 인생을 살아가면서 맞닥뜨리게 되는 갖가지 문제들을 풀 수 있는 힘을 얻게 될 거예요. 또 부록에는 탈무드의 역사와 유대인의 천재 교육법에 대해 간추려 실었어요. 꼼꼼히 읽고 지식과 지혜를 키워 보아요.

2013년 겨울에
엮은이 김숙분

차 례

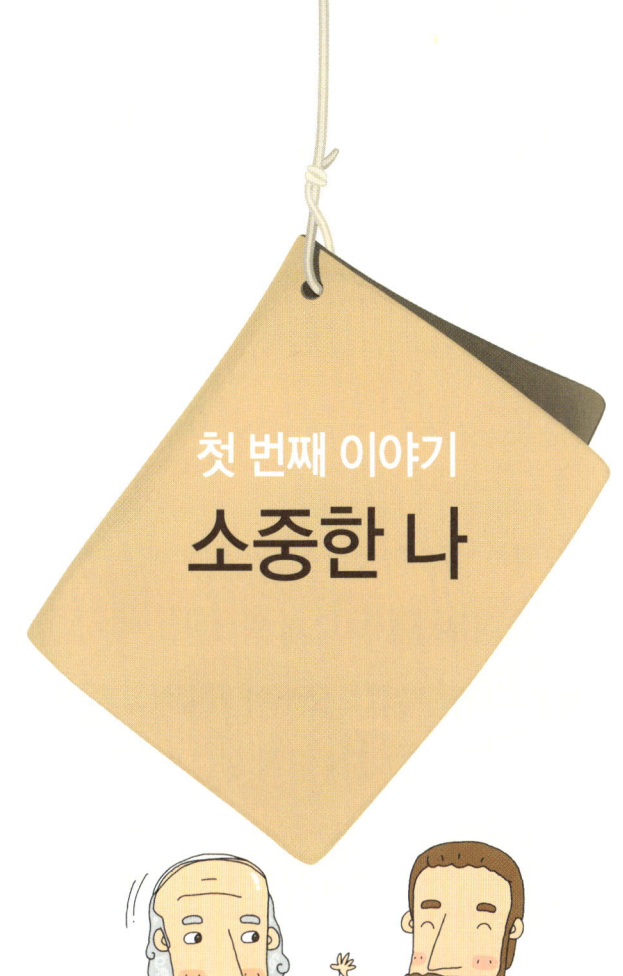

첫 번째 이야기

소중한 나

인간은 상황에 따라서 명예가
높아지는 것이 아니라 인간이
그 상황의 명예를 높이는 것이다.

질그릇에 담긴 소중한 보배

공부를 많이 해서 똑똑했지만 얼굴이 못생긴 랍비가 있었어요. 어느 날 그 랍비가 공주님을 만나게 되었어요. 공주는 로마 황제의 딸이었는데 랍비를 보더니 호호 웃으며 말했어요.

"놀라운 지혜가 못생긴 그릇에 담겨 있군요."

그 말을 듣고 랍비가 말했어요.

"공주님은 귀한 술을 어떤 그릇에 담아 놓는지요."

랍비의 말을 듣고 공주가 여전히 호호 웃으며 대답했어요.

"그야 질항아리에 담지요."

그러자 랍비가 깜짝 놀라는 얼굴을 하며 말했어요.

"왕궁에는 금이나 은이 많은데 귀한 술을 질항아리에 담다니요."

공주는 랍비의 말을 듣고 시녀들에게 명령했어요.

"귀한 술을 금이나 은그릇에 잘 담아 두어라."

어느 날 로마 황제가 공주를 불러 귀한 술을 내오라고 했어요.

시녀가 가져온 술맛을 본 황제는 깜짝 놀라 화를 내며 말했어요.

"술맛이 왜 이러느냐? 완전히 변해 버렸구나. 도대체 어떻게 보
관했기에 이 귀한 술을 이 지경으로 만들었단 말이냐?"

공주는 당황하며 잘못을 빌었어요.

"아바마마, 용서하옵소서. 소녀가 생각이 짧았사옵니다."

공주는 화가 나 랍비에게 찾아갔어요.

11

"어찌 나에게 어리석은 짓을 가르쳐 주셨습니까?"

그러자 랍비가 조용히 말했어요.

"공주님, 아무리 귀한 것이라도 보잘것없는 그릇에 담아두는 편이 훨씬 나을 때가 있답니다."

공주는 고개를 끄덕였어요.

다시 생각해 보아요.

내 안에 어떤 소중한 것이 있나 생각해 보아요. 바깥으로 보이는 내 모습이 비록 보잘것 없어도, 그것들이 나에게 있는 게 제일 나아서, 하나님이 내게 주신 거예요. 하나님은 우리에게 이렇게 말씀하셔요. "나는 너를 일부러 그렇게 지었단다."

2 가장 안전한 재산

한 랍비가 배를 타고 여행을 하고 있었어요.

배에는 많은 사람들이 타고 있었는데 한 무리의 사람들이 재산을 비교하면서 자랑을 하고 있었어요. 그들은 재산을 밑천 삼아 장사를 하는 사람들이었는데 큰돈을 벌 꿈으로 마음이 부풀어 있었어요.

그런데 그들 중 한 사람이 랍비에게 재산이 얼마나 되느냐고 물었어요.

랍비는 조용히 웃으며 이렇게 대답했어요.

"내가 큰 부자라고 생각합니다만 지금 당장 내 재산을 보여드릴 수 없어서 유감이군요."

사람들은 그 말을 듣고 비웃었어요.

얼마 후 해적들이 나타나 그 배를 습격했어요.

불행하게도 금은보화를 자랑했던 사람들이 해적들에게 재산을 모두 약탈당했어요.

해적들이 물러간 후 배는 어느 항구에 다다랐어요.

배에 탔던 사람들은 아무것도 가진 것이 없어 모두 가난뱅이로 전락하고 말았어요.

그들은 이제 낯선 곳에서 어렵게 생활해야 했어요.

하지만 랍비는 그 항구의 사람들로부터 높은 지식과 교양을 인정

받아 학교에서 학생들을 가르칠 수 있게 되었어요.

랍비와 함께 배를 탔던 부자들은 그것을 보고 이렇게 말했어요.

"랍비님, 당신의 말씀이 정말 옳았습니다. 지식과 지혜는 남이 빼앗아갈 수 없기 때문에 가장 안전한 재산이군요. 그러니 랍비님이 가장 부자예요."

다시 생각해 보아요.

어린이를 나라의 기둥이라고 말하는데 그것은 어린이에게 희망과 가능성이 있기 때문이에요. 여러분은 희망찬 미래를 준비하기 위해 열심히 지식과 지혜를 쌓아야 해요. '아는 것이 힘이다.' 라는 말처럼 그것이 나를 소중한 사람으로 만들어 주요.

3 자기 사랑

한 랍비가 있었어요. 어느 날 그는 주위 사람들이 더 이상 자기를 존경하고 있지 않음을 깨달았어요. 그는 몹시 괴로웠어요. 그런데 얼마가 지난 후에 그는 주위 사람들이 자기를 존경하지 않는 것이 아니라, 자기가 자기 자신을 존경하지 않는다는 것을 깨달았어요.

만약 어떤 사람이 자기를 존경하지 않는다면 다른 사람도 그를 존경하지 않는 법이에요.

그래서 랍비는 자신의 좋은 점을 헤아려 보았어요. 생각해 보니 자신도 퍽 훌륭하고 좋은 사람이었어요. 그렇게 생각하자 자신감이 생겼어요. 자신을 사랑하게 되자 가족과 이웃과 학생들과 사회 전체가 모두 사랑스러웠어요.

어느 날 랍비는 「천주 십계」를 읽다가 '도둑질하지 말라'는 계명을 읽었어요. 다른 사람의 물건을 도둑질하는 것도 나쁘지만, '자기 스스로를 훔치는 일'도 나쁘다는 것을 깨달았어요.

16

자신감을 잃는다는 것은 자신 속에 있는 것을 자기가 도둑질하는 것과 같아요. 다른 사람을 사랑하는 것도 자기 자신을 사랑하는데서부터 시작돼요. 능력이 자신에게 있다는 것을 스스로 인정할 수 없다면 아무 일도 할 수 없어요.

나도 훌륭한 점이 있구나!

다시 생각해 보아요.

사람의 마음 속에는 아주 많은 감정들이 있어요. 그 중 부정적인 감정에 빠지면 마음이 괴로워져요. 랍비도 사람들이 자기를 존경하지 않는 것 같다는 부정적인 감정에 빠져 괴로웠던 거예요. 부정적인 감정들은 모두 날려보내요.

4 배우고자 하는 자세

나이가 들면 배우는 일이 힘들다고 말해요. 하지만 유대인들에겐 그런 말이 통하지 않아요. 인간은 아무리 나이를 먹어도 배워야만 해요. 배우는 것만이 젊음을 되찾는 길이에요. 청춘은 나이만을 가지고 따지는 것이 아니라 마음 자세를 가리키는 말이기도 해요. 배우고자 하는 마음이 있는 사람이 청춘이란 뜻이에요.

그러기에 유대인들은 삶이 끝나는 날까지 배워요. 그들은 배움을 거룩한 의무라고 여겨 천국에 갈 때까지 배움을 멈추지 말아야 한다고 생각해요. 아무리 훌륭한 교사일지라도 끊임없이 배워야 해요. 유대인들은 거창한 지식을 갖고 있는 사람보다 배우고 있는 사람을 더 존귀하게 생각해요.

 **다시 생각해 보아요.**

우리는 스스로 내 가치를 높일 수 있어요. 뜻한 바를 이루려면 실력부터 쌓아야 해요.
배우기를 그친다는 건 자기 자신을 포기하는 것과 같아요. 지식이 많은 사람은 사람들
로부터 존경을 받아요. 또한 지식을 다른 사람을 위해 쓴다면 더욱 현명한 일이지요.
평소에 실력을 쌓아 둔 사람은 기회를 만나면 홀연히 두각을 나타내요. 배우기를 그친
다는 건 곧 자기 자신을 포기하는 것과 같아요.

5 사탄이 준 선물

태초의 인간이 포도나무를 심고 있었어요. 그때 사탄이 찾아와서 무엇을 하고 있느냐고 물었어요. 그러자 인간이 이렇게 대답했어요.

"나는 지금 기가 막히게 좋은 열매가 생기는 나무를 심고 있다."

하지만 사탄은 설마하며 고개를 갸우뚱했어요.

인간이 다시 말했어요.

"이 식물이 자라면 대단히 달콤하고 맛있는 열매가 주렁주렁 열리게 된다. 그 열매의 즙을 짜서 마시면 누구나 황홀해지고 행복해진다."

그 말을 들은 사탄은 자기도 그 나무를 심게 해 달라고 졸랐어요. 인간이 사탄에게 포도나무를 주자 사탄은 양과 사자와 원숭이와 돼지를 차례로 끌고 와서 죽인 다음 그 피로 차례차례 거름을 주었어요. 이것이 포도주가 생겨난 기원이에요.

술이란 처음 마시기 시작할 때는 양처럼 온순하지만, 조금 더 마

나도 (쎄게) 해줘!

열매의 즙을 짜서 마시면 황홀해지고 행복해 진다.

시면 사자처럼 사나워지고, 더욱 마시게 되면 원숭이처럼 춤추고 노래를 부르게 돼요. 거기다 더욱더 마시고 나면, 토하고 뒹굴고 형편없는 꼴이 되어 마치 돼지처럼 추해지지요.

다시 생각해 보아요.

술을 부정적으로 보는 이유는 술이 사람을 취하게 하여 정신을 흐리게 하기 때문이에요. 술을 너무 많이 마셔 몸을 해치고 가산을 탕진하는 사람이 많아요. 왕이 술에 빠지면 나라를 망치지요. 내 몸은 소중해요. 그러므로 독주를 가까이 하면 안 돼요.

머리를 좋게 하는 유대인식 질문 놀이

1. 나에게 가장 소중한 사람이 누구인가 생각해 보아요.

2. 소중한 사람들 중 내가 왜 가장 소중한지 생각해 보아요.

3. 내가 나를 소중하게 생각하는 것처럼 다른 사람을 소중하게 생각하고 있나요?

4. 소중한 나를 위해 내가 할 수 있는 일이 무엇인지 생각해 보아요.

5. 성공한 미래의 나의 모습을 머릿속에 그려보아요. 그리고 다른 사람을 위해 어떤 좋은 일을 할 것인지도 생각해 보아요.

살다 보면 다른 사람에게 상처받을 때가 있어요. 하지만 이 세상에 완벽한 사람은 한 사람도 없는 법. 나 자신은 오직 하나, 내가 나를 사랑할 때 세상에서 가장 '소중한 나'가 되지요. 남들의 비판에 휘둘리다 보면 끝이 없어요. 우리의 생긴 모습대로 최선을 다해 살면 성공할 수 있어요.

두 번째 이야기

배려

만약 친구가 채소를 가지고 있으면
고기를 주어라.

6 나무를 심는 노인

한 노인이 길 모퉁이에 나무를 심고 있었어요. 노인은 힘이 부쳐 이마에 땀방울이 가득했어요.

길을 지나가던 한 나그네가 그 모습을 보고 노인을 도와주면서 이렇게 물었어요.

"이 나무가 언제쯤 열매를 맺을까요?"

그러자 노인이 숨을 고르며 이렇게 대답했어요.

"한 삼십 년 후에 열매를 맺겠지요."

나그네는 이상한 듯 다시 물었어요.

"영감님께서 그 열매를 드실 수 있을까요?"

그러자 노인이 빙그레 웃으며 대답했어요.

"아무리 오래 산다 해도 그때까지는 어렵겠지요."

"그런데 왜 이렇게 힘들게 나무를 심고 계시나요?"

나그네가 안쓰러운 얼굴로 물었어요. 그러자 노인이 조용히 이렇게 대답했어요.

"내가 어렸을 때 우리 집 마당엔 과일 나무가 많았소. 나는 그 열매를 따먹으며 자랐지요. 그 나무들은 내가 태어나기 전에 내 할아버지께서 심으신 것이었소. 내 아버님이 심으신 나무의 열매도 나는 많이 따먹었소. 나는 지금 내 할아버지나 아버지와 같은 일을 하고 있을 뿐이오."

나그네는 감동이 되어 활짝 웃으며 노인이 나무를 다 심을 때까지 도와주었어요.

다시 생각해 보아요.

우리 주변을 둘러보아요. 산과 들에 나무들이 푸르게 자라고 있지요. 그 나무들을 누가 심었을까 생각해 본 일이 있나요. 이 이야기의 노인처럼 누군가 우리를 위해 심은 거예요. 우리도 누군가를 위해 한 그루의 나무를 심어 보아요. 또 덧붙여 말하는데 자연에 상처를 내지 말아요. 내가 낸 상처 때문에 다른 사람이 마음에 상처를 입어요.

 구멍을 막은 페인트공

어떤 남자에게 작은 보트가 있었어요. 그는 해마다 여름이 되면 가족과 호수로 나가 보트를 타며 낚시를 즐겼어요.

어느 해 여름이 끝났을 때, 그는 잘 보관해 두려고 보트를 뭍으로 끌어올렸어요. 그런데 보트를 살펴보니 페인트가 너무 많이 벗겨져 있었어요. 그리고 보트 밑에 구멍도 하나 뚫려 있었어요. 그는 구멍

어? 배에 구멍이 나 있네!

이 아주 조그마해서 대수롭지 않게 여겼어요. 다음에 쓰기 전에 구멍을 막아야겠다고 생각하면서 페인트공을 불러 보트를 깨끗이 칠해 달라고만 부탁했어요.

이듬해 봄이 일찍 찾아왔어요. 그런데 훌쩍 자란 두 아들이 자꾸만 보트를 타 보고 싶어 했어요.

"아빠, 보트를 타고 싶어요. 허락해 주세요."

그는 보트 밑에 난 구멍을 수리해야 한다는 것을 까맣게 잊고 있었어요.

"그래, 그러렴."

두 아들은 신이 나서 보트를 끌고 호수로 갔어요.

두 시간이 지나서야 그는 보트 밑에 구멍이 뚫려 있었던 사실을 번개처럼 떠올렸어요.

그는 안절부절못하며 호수로 달려갔어요.

두 아들이 아직 수영에 익숙지 않았기 때문이에요.

그가 도착했을 때 다행히도 다 놀았는지 두 아들이 보트를 끌고 올라오고 있었어요.

"아빠, 재미있었어요."

그는 아이들이 무사했기 때문에 안도의 숨을 내쉬었어요.

그는 배 밑을 조사해 보았어요. 그런데 누군가 구멍을 잘 막아 놓은 것이었어요.

작년에 페인트공이 페인트를 칠하면서 구멍을 발견하곤 고쳐 놓은 것이었어요.

그는 선물을 사 들고 페인트공을 찾아갔어요.

"배에 뚫려 있던 작은 구멍을 당신이 고쳐 놓았더군요. 나는 배를 사용하기 전에 고쳐야겠다고 생각하고선 그만 깜빡 잊었답니다."

"아, 예. 그 말씀을 들으니 생각나네요. 칠을 하다가 구멍이 뚫린 것을 보고 고쳤답니다. 당연한 일인 걸요."

"구멍을 수리해 달라고 부탁하지도 않았는데……. 당신이 그것을 막아 주어 나의 두 아들이 생명을 건졌답니다."

다시 생각해 보아요.

페인트공도 자신이 구멍을 막았던 걸 까맣게 잊고 있네요. 페인트공은 이웃을 진심으로 사랑하는 사람이에요. 그의 배려로 두 아들이 목숨을 구했어요. 우리가 다른 사람을 늘 배려한다면 세상에 슬픈 일이 생기지 않을 거예요. 사람에 대한 배려가 모든 종교의 근본정신이에요.

8 초대받지 않은 사람

한 랍비가 마을의 중요한 문제를 의논하기 위해 여섯 사람을 집으로 초대했어요. 그런데 모임이 예정된 날 랍비의 집에 모인 사람은 모두 일곱 명이었어요. 그 중 한 사람은 분명히 랍비의 초대를 받지 않은 사람이에요. 사람들은 그가 누구인지 몰랐어요. 결국 랍비가 말했어요.

"여기 계신 분들 중에서 초대받지 않은 분은 나가 주시기 바랍니다."

그런데 누가 보더라도 가장 지혜롭고 유능하여 그 자리에 꼭 있어야 할 사람이 침착한 태도로 일어나서 나가는 것이었어요.

초대받지 않았는데 잘못 알고 온 사람이 부끄러움을 당하지 않도록 그는 자진해서 나갔던 거예요.

초대받지 않은
분은 나가꾸시기….

다시 생각해 보아요.

잘못 알고 온 사람이 부끄러울까 봐 대신 나간 사람은 시간을 미루지 않고 그 순간에 결
정한 거예요. 남을 배려할 때 이처럼 금방 결정을 내려야할 때가 있어요. 미루지 않고
빨리 남을 위해 희생했기 때문에 그는 모두에게 감동을 주었어요. 세상에서 가장 소중
한 배려는 과거나 미래가 아니라 지금 이 순간에 필요해요.

31

9 다른 사람의 평화를 위해

메이어는 설교를 잘 하기로 소문이 나 있는 랍비였어요. 그는 매주 금요일 밤마다 교회에서 설교를 했어요. 그때마다 수백 명의 사람들이 그의 설교를 듣기 위해 찾아왔어요.

그들 중에 한 여인이 있었어요. 여인은 그의 설교가 좋아서 언제나 참석했어요. 다른 유대 여인들은 금요일 밤이면 다음 날인 안식일에 먹을 음식을 준비하느라 바쁜데, 그녀는 메이어의 설교를 듣기 위해 교회에 갔어요.

그날도 그녀는 흐뭇한 마음으로 메이어의 설교를 들은 뒤 집으로 돌아갔어요. 그런데 화가 난 남편이 문 앞에서 기다리고 있다가 그녀를 보자 큰 소리로 말했어요.

"내일이 안식일인데 음식 장만할 생각은 하지 않고 도대체 어딜 쏘다니다 이제야 오는 거야?"

"교회에서 랍비님의 설교를 듣고 오는 길이에요."

그 말에 남편은 더욱더 화가 나 이렇게 말했어요.

"그 랍비인지 뭔지 하는 자의 얼굴에 침을 뱉고 오기 전에는 집에 한 발자국도 들여놓지 못할 줄 알아!"

그녀는 남편에게 쫓겨나 할 수 없이 친구의 집에 머무르게 되었어요. 그런데 이 소문이 메이어의 귀에 들어갔어요. 그는 자신의 설교가 너무 길어서 한 가정의 평화를 깨뜨렸다고 생각하면서 몹시 괴로워했어요.

그는 여인을 불러 자신의 눈이 몹시 아프다고 호소했어요.

"지금 제 눈이 몹시 아픈데 침으로 씻어야 낫는다고 합니다. 부인께서 좀 해 주실 수 있겠습니까?"

그리하여 여인은 랍비의 눈에 침을 뱉게 되었어요. 이를 본 제자들이 의아하여 메이어에게 물었어요.

"선생님처럼 덕망 높으신 분이 어찌하여 저 여인으로 하여금 얼굴에 침을 뱉도록 하시는 것입니까?"

메이어가 웃으며 대답했어요.

"한 가정의 평화를 지키기 위해서라면 그보다 더한 일도 감수하지 않으면 안 되지."

다시 생각해 보아요.

랍비는 여인의 가정을 위해 최선을 다하고 있어요. 자신의 인기를 위해 노력하기보다 남편의 불편한 마음을 풀어 주려고 노력하고 있어요. 남을 배려했을 때 내 마음도 넉넉해져요. 남을 행복하게 해 주는 사람이 또한 행복을 얻을 수 있어요.

 형제애

의좋은 농부 형제가 살고 있었어요. 형은 결혼하여 아이를 낳았고, 동생은 아직 미혼이었어요. 아버지가 돌아가시자 형제는 재산을 물려받았어요.

그들은 열심히 농사를 지어 사과와 옥수수를 수확했어요. 형제는 그것을 공평하게 반으로 나누어 자기들의 창고에 넣었어요.

그런데 동생이 이런 생각을 했어요.

'형에게는 형수와 조카가 있어서 나보다 생활이 어려울 거야. 내 몫을 좀 가져다 드려야지.'

밤이 되자 동생은 몰래 형의 창고에 상당한 양의 곡식을 가져다 놓았어요.

형은 형대로 이런 생각을 했어요.

'나는 걱정이 없지만 동생은 아직 결혼도 안 했으니 돈이 필요해.'

　형도 밤중에 몰래 상당한 양의 곡식을 동생의 창고에 옮겨다 놓았
어요.

　다음 날 아침 형제는 자기 창고에 가 보고 전날과 똑같은 양의 곡
식이 쌓여 있는 것을 발견했어요.

　'어, 이상하다. 왜 내 곡식이 이렇게 많지?'

　형제는 똑같이 그렇게 생각하면서 또 밤이 되자 상대방의 창고로
곡식을 나르기 시작했어요. 그러다 그들은 도중에서 마주치고 말았
어요.

형제는 그제야 곡식이 줄지 않은 까닭을 알게 되었어요. 형제는 곡식을 내려놓고 서로 부둥켜안으며 감격의 눈물을 흘렸어요.

형제가 서로 마주쳤던 그 장소는 지금도 '예루살렘에서 가장 고귀한 곳' 이라고 불리고 있어요.

다시 생각해 보아요.

의좋은 형제는 서로에게 베푸는 것을 당연하게 생각하고 있어요. 가족 간에 이처럼 서로를 배려하면 오래오래 행복하게 살 수 있어요. '의좋은 형제'처럼, 사랑은 가지고 있을 때보다 베풀 때 그 효과가 두 배로 커져요.

머리를 좋게 하는 유대인식 질문 놀이

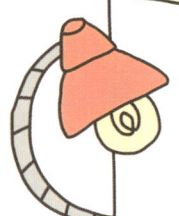

1. 나를 배려해 주었던 사람들을 떠올려 보아요. 그때 어떤 마음이 들었는지도 생각해 보아요.

2. 내가 다른 사람을 배려하려면 어떤 마음을 가져야 하는지 생각해 보아요.

3. 내가 다른 사람을 배려하면 어떤 좋은 일이 생길지 생각해 보아요.

4. 다른 사람을 배려하다 보면 내가 힘들어질 때도 있을 거예요. 하지만 그때 우리의 인생이 완전해져요. 왜 그럴까요?

5. 나의 작은 배려가 세상을 어떻게 변화시킬 수 있는지 생각해 보아요.

배려란 다른 사람을 도와주거나 보살펴 주려고 애쓰는 마음을 말해요. 힘들더라도 남을 행복하게 해 주기 위해 기꺼이 희생할 수 있는 마음이 세상에서 가장 존귀하고 아름다운 마음이에요. 남을 배려할 줄 아는 사람이 많을수록 사회가 행복해져요.

세 번째 이야기
리더십

백성의 소리는 신의 소리이다.

11 랍비가 우는 이유

사람들로부터 많은 존경을 받는 훌륭한 랍비가 있었어요. 그는 주의력이 세심하고 하나님을 공경하였으며, 개미 한 마리도 밟지 않도록 조심해서 걸었고, 하나님의 창조 작품을 깨뜨리지 않도록 신중하게 생활하는 사람이었어요. 그랬기에 많은 사람들이 그를 따른 거예요.

나이가 들자 그의 건강이 갑자기 나빠졌어요. 그는 자기의 죽음이 가까워졌음을 느꼈어요.

임종이 가까워지자 제자들이 그의 주변에 둘러앉았어요. 그가 갑자기 눈물을 흘려서 제자들이 깜짝 놀라 물었어요.

"선생님 왜 그러십니까? 선생님께서는 단 하루도 공부하지 않은 날이 없었고, 저희들을 가르치지 않은 날이 없었으며, 자비를 베풀지 않은 날이 없었습니다. 선생님은 이 나라에서 가장 존경받는 훌륭한 분이십니다. 하나님을 가장 깊이 공경하는 분도 바로 선생님이십니다. 더구나 선생님은 정치와 같은 더러운 세계에는 단 한 번도 발을 들여놓으신 적이 없습니다. 그러니 선생님께서는 눈물을 흘리실 이유는 없으십니다."

그러자 랍비가 말했어요.

"그래서 울고 있는 것이다. 나는 마지막 순간 내 자신에게 '너는 공부를 했는가?' '너는 하나님께 기도했는가?' '너는 자선을 베

풀었는가?' '너는 행실을 바르게 했는가?' 라고 묻는다면 '그렇다.' 라고 대답할 수 있다. 그러나 '너는 일반인의 보통 생활에 어울려 본 적이 있는가?' 라고 묻는다면, '아니오.' 라고 대답할 수밖에 없다. 그래서 울고 있는 것이다."

다시 생각해 보아요.

리더는 보통 사람보다 월등하게 뛰어나서 그들 위에 있다고 생각하기 쉬워요. 하지만 진짜로 훌륭한 리더는 보통 사람과 어울리면서 그들의 눈에 흘러내리는 눈물을 닦아 주는 사람이에요. 가난하고 힘든 친구와 어울리며 그들의 아픔을 위로해 줄 수 있는 사람이 리더가 될 수 있다는 것을 잊지 말아요.

12 진정으로 두려워하는 것

　한 랍비가 로마에 도착했을 때, 거리에 다음과 같은 포고문이 붙어 있었어요.

　'왕비께서 귀하게 여기시는 값비싼 장신구를 잃어버리셨다. 30일 이내에 그것을 찾아오는 자에게는 큰상을 내리겠다. 그러나 만일 30일 이후에 그것을 가지고 있는 자는 발견 즉시 사형에 처할 것이다.'

　그런데 랍비가 우연히 그 장신구를 습득하게 되었어요. 그는 그것을 가지고 있다가 31일째 되는 날 왕궁으로 가서 왕비 앞에 내놓았어요. 그러자 왕비가 이렇게 물었어요.

　"거리에 포고문이 붙어 있었는데, 당신은 그것을 보지 못했소?"

　랍비는 보았다고 대답했어요. 다시 왕비가 물었어요.

　"30일 이후에 이것을 가지고 오면 어떤 벌을 받게 되는지 알고 있소?"

랍비는 역시 알고 있다고 말했어요. 왕비가 또 물었어요.

"그렇다면 왜 30일이 지나도록 그것을 가지고 있었던 것이오? 만일 당신이 하루만 일찍 가져왔어도 큰상을 받았을 텐데 말이오. 목숨이 아깝지 않은 것이오?"

그러자 랍비가 대답했어요.

"만일 제가 30일 이내에 이것을 돌려 드렸다면, 사람들은 제가 왕비님을 두려워한다고 생각할 것입니다. 그래서 오늘까지 기다렸다가 가져온 것입니다. 사람들에게 제가 두려워하는 것은 왕비님이 아니라 오직 신뿐이라는 사실을 알려 주고 싶었을 따름입니다."

이 말을 들은 왕비는 경건한 태도로 말했어요.

"이처럼 훌륭하게 신을 섬기는 당신에게 깊은 경의를 표합니다."

다시 생각해 보아요.

유대인들은 회당에서 예배를 드리고 교육을 받고 각종 집회도 열었어요. 회당에서의 행사는 랍비가 주관해요. 그러므로 랍비는 유대인들의 리더예요. 로마는 유대인들과 그들이 믿는 신을 핍박했는데 이 이야기에서 랍비는 목숨을 걸고 유대인들이 믿는 신만을 인정하고 있어요. 랍비는 왕비의 부당한 협박에 흔들리지 않고 당당하게 행동함으로써 유대인들에게 자신감을 심어 주고 있어요. 확고한 신념을 가진 리더는 사람들로부터 신임을 얻어요.

13 지도자의 자세

사령관이 부하로부터 적에게 중요한 고지를 빼앗겼다는 보고를 받았어요. 그는 침울한 표정을 한 채 집으로 돌아왔어요. 남편의 얼굴을 본 부인이 걱정스럽게 물었어요.

"당신 표정이 왜 그런 거예요? 무슨 안 좋은 일이라도 생긴 건가요?"

사령관은 의기소침해져서 중요한 고지를 빼앗긴 사실을 부인에게 말해 주었어요. 그러자 부인이 조용히 말했어요.

"저는 지금 중요한 고지를 빼앗긴 것보다 더 안 좋은 일을 보고 있어요."

깜짝 놀란 사령관이 그게 무슨 일인지 부인에게 물었어요.

"바로 당신의 표정이에요. 빼앗긴 고지는 다시 찾으면 되지만, 사령관인 당신이 용기를 잃고 의기소침해 있으면 어떻게 합니까? 부하들이 누굴 믿고 따르겠어요. 지도자는 어떤 상황에서도 용기를 잃지 않는 자세를 보여 줘야 하잖아요."

다시 생각해 보아요.

처칠*은 '용기'가 지도자가 지녀야 할 첫째 덕목이라고 말했어요. 그는 2차 세계대전 중 히틀러의 공격으로 폐허가 된 런던 시내를 돌며 사람들을 격려했어요. 또 언제 폭격이 쏟아질지 모르는 가운데서도 그는 "싸움은 인내다. 우리는 반드시 승리한다."고 당당한 자세로 말했어요. 그래서 사람들은 "처칠이 있으면 안심이다."라고 말하면서 안정감을 얻었어요. 용기 있는 지도자가 승리할 수 있어요.

처칠 (1874~1965)
영국의 정치가예요. 2차 세계대전 때 전 유럽이 독일의 손아귀에 들어갔을 때 처칠은 감동적인 방송 연설로 불안에 떨던 영국 국민에게 용기를 불어넣었어요. 그리고 끝까지 포기하지 않고 싸워 승리를 얻었어요.

14 회사의 주인

　두 사람이 별다른 계약서나 증서 없이 오직 서로에 대한 믿음을 바탕으로 사업을 시작했어요. 그들은 근면하고 성실했기 때문에 사업은 계속 번창하여 크게 성공을 거두었어요.

　둘 사이에는 문제가 없지만 자식들 대에 가서 문제가 생길 것을 염려하여 두 사람은 계약서를 작성해 놓기로 했어요.

　그런데 계약서를 쓰는 내내 이상하게도 사사건건 의견이 충돌했어요.

　"너는 공장의 책임자이고 나는 본사의 책임자이다." 이와 같은 사소한 일까지 규정하려고 했기 때문에 서로 상대방이 유리한 조건을 차지하려 한다고 생각했어요.

　그들은 할 수 없이 랍비를 찾아가 상의하기로 했어요. 한 사람은 생산을 맡고 다른 한 사람은 영업을 맡고 있었기 때문에 랍비 앞에서도 "내가 상품을 잘 만들어서 회사가 발전했다." "내가 잘 팔았기

때문에 사업이 번창했다."라며 서로 다투었어요. 또 서로 사장 자리
에 오르겠다고 싸웠어요.

그들의 이야기를 듣던 랍비가 다음과 같이 말했어요.

"그동안은 싸움을 하지 않아 사업이 잘 되었다는 것을 아시오. 두
사람의 의견이 매번 충돌해서 회사가 망한다면 정말 어리석은 일
이오. 이 상태로는 아무래도 사업이 원만하게 운영되지 못할 것
같으니 해결책을 강구해야 할 것이오. 당신들 회사의 경영자가

누구입니까?"

그들은 지금은 자기들 두 사람이라고 대답했어요. 그러자 랍비가 다시 말했어요.

"신은 세상 모든 일에 참여하고 계십니다. 그러니 신을 그 회사의 경영진에 참여시키면 어떻겠소? 서로 자기가 잘했다고 주장하지만 말고 모든 일을 맡고 계신 신을 그 경영진에 참여시키는 것이 좋을 것 같소."

랍비의 말을 듣고 두 사람은 서로를 쳐다보았어요. 랍비가 계속 말했어요.

"그 회사는 당신들의 것이지만 동시에 신의 회사이기도 합니다. 그러니 회사가 당신들 것이라는 이기적인 생각에 매달리지 마세요. 당신들이 사회와 이 나라를 위해 하나의 큰 의무를 수행하고 있다고 생각한다면, 두 사람 중 누가 사장 노릇을 하느냐 하는 일이 얼마나 사소한 문제인지 깨닫게 될 것입니다. 그렇게 되면 생산을 담당한 사람은 열심히 공장을 운영하고, 영업을 담당한 사람은 상품을 파는 데 열중하게 될 것입니다."

두 사람은 자기들이 싸운 것을 부끄럽게 생각하면서 이제부터는 신을 회사의 주인으로 삼자고 말했어요.

회사도 매우 원만하게 운영되어 갔어요. 회사는 이익금의 얼마는 언제나 사회를 위해 내놓았어요. 사장의 자리에 신을 모시고 사회를 위해 헌신하는 것을 회사의 목표로 삼았기 때문에 사장을 따로 정하지 않고서도 회사는 더욱 발전해갔어요.

다시 생각해 보아요.

리더는 자신을 위해 일하는 게 아니라 사람들을 위해 일해야 해요. 그렇기에 리더는 사람의 마음이 아닌 신의 마음으로 일해야 해요. 신은 욕심을 부리지 않을 뿐 아니라 또 가장 지혜롭기 때문에 리더는 신을 자신의 주인으로 삼아야 해요.

15 지혜로운 판결

어느 부부가 싸움을 한 후 랍
비를 찾아갔어요. 랍비는 두 사람
을 따로 떼어놓고 이야기를 들어
야겠다고 생각했어요. 남편
과 아내를 같이 앉혀 놓으면 서로
자기가 옳다면서 시끄럽게 싸움
을 할 것 같았기 때문이에요.

랍비는 먼저 남편의 이야기를 들었어
요. 랍비는 남편이 하는 모든 말에 찬
성하면서 남편이 옳다고 말해 주었
어요. 그 다음엔 아내의 이야기를
들었어요. 그때도 랍비는 아내의
말이 모두 옳다며 찬성했어요.

부부가 돌아간 후에 이를 지켜보았던 제자가 말했어요.

"선생님, 저는 도무지 이해가 되지 않습니다. 남편의 말에도 그 말이 전부 옳다고 인정하시더니, 아내의 말을 듣고도 전부 옳다고 인정하셨습니다. 두 사람이 각각 전혀 반대되는 말을 했는데, 어째서 두 사람의 주장이 다 옳다고 하시는 것입니까?"

그러자 랍비가 대답했어요.

"여러 사람들이 어떤 문제를 가지고 찾아올 때, '당신은 옳고 저 사람은 틀렸다.'는 식으로 딱 잘라서 판결해서는 안 돼. 그러면 공연히 그들의 싸움을 더욱 크게 만들 뿐이지. 오히려 양쪽의 주장을 모두 인정해 주어야 하네. 그러면 그들도 스스로 냉정을 되찾지. 그 후 서서히 화해하게 하도록 도와주어야 해. 어떤 종류의 싸움이든 일단 그가 말하는 주장을 잘 듣고 인정해 주는 것이 중요하다네."

다시 생각해 보아요.

이야기를 잘 듣다 보면 대개는 문제의 해결점을 찾게 돼요. 그러므로 리더는 참을성 있게 다른 사람의 이야기를 경청할 수 있어야 해요. 절대로 남의 결점을 들춰내지 말아야 하며 부드럽고 공손해야 해요. 하지만 요점은 잘 파악해야 하지요.

머리를 좋게하는 유대인식 질문 놀이

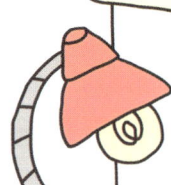

1. 여러분을 이끌어 주는 리더들을 생각해 보아요.

2. 여러분을 이끄는 리더 중 가장 강력한 리더십을 가진 사람이
   누구라고 생각하나요?

3. 사람들은 어떤 리더를 원하고 있을까요?

4. 내가 리더가 된다면 어떤 일을 하고 싶은지 말해 보아요.

5. 강력한 리더가 되려면 내가 어떤 노력을 해야 하는지 생각해
   보아요.

사람들은 강력한 리더를 따르지요. 그렇다면 어떤 사람이 강력한 리더일까요? 실을 한
번 밀어 보세요. 아무리 잘 밀어도 나아가지 않고 꼬부라져요. 하지만 당기면 쉽게 끌
려와요. 리더는 실을 끄는 사람이에요. 앞장서서 행동해서 다른 사람의 본보기가 되어
야해요. 먼저 희생하고 용서하고 사랑해야해요.

네 번째 이야기
희망

승자의 주머니 속에는 꿈이 있고
패자의 주머니 속에는 욕심이 있다.

16 아버지의 유언

시골에 사는 한 부자 유대인이 아들을 멀리 예루살렘에 있는 학교에 보냈어요. 그런데 그 사이 그만 중병에 걸려 생명이 위독하게 되었어요. 아들을 보지 못하고 죽을 것 같아 그는 다음과 같이 유서를 썼어요.

"내 모든 재산은 노예에게 물려준다. 내 아들은 내 재산 중 한 가지만 그가 원하는 것으로 가질 수 있다."

그는 결국 아들을 보지 못하고 죽었어요. 노예는 유서를 읽고 뛸 듯이 기뻐하면서 예루살렘에 있는 아들을 찾아갔어요. 이 사실을 안 아들은 깜짝 놀라 얼른 고향으로 돌아와 아버지의 장례를 치렀어요. 장례가 끝나자 아들은 유산 문제를 어떻게 해결해야 할지 고민하다가 랍비를 찾아갔어요. 그는 랍비에게 유서의 내용을 설명하고는 아버지를 원망하며 투덜댔어요.

"지금까지 아버님께 언제나 순종하며 살았는데 아버님께서 노예에게 재산을 상속하셨다니 믿을 수가 없습니다.”

아들의 말을 듣고 랍비가 대답했어요.

“자네 아버님은 아주 현명한 분이시네. 아버님이 자네를 얼마나 사랑하는지 유서에 잘 나타나 있지 않나?”

하지만 아들은 랍비의 말을 이해할 수가 없었어요.

“아버님은 모든 재산을 노예에게 상속하셨습니다. 어찌 이럴 수가 있단 말입니까?”

“자네는 희망을 가지고 있지 않군.”

“무슨 말씀이세요. 어떻게 희망을 포기한단 말입니까?”

“그렇다면 서두르지 말고 차근차근 생각해 보게. 아버님이 진정으로 원하는 것이 무엇이었겠는가?”

“아버님은 저를 사랑하시니 재산을 저에게 상속하는 것이 당연한 일이라고 생각합니다.”

그러자 랍비가 웃음을 지으며 차근차근 설명하기 시작했어요.

“자네 아버지는 돌아가시면서 재산을 걱정한 것이네. 혹 노예가 자신이 죽었다는 것을 자네에게 알리지 않고 재산을 가지고 도망치지는 않을지 몹시 염려하신 거야. 그래서 재산을 모두 노예에게 상속한다고 유서를 남긴 것이네. 노예는 너무 기뻐서 자네에

게 이 사실을 알리고 지금 모든 재산을 차지한 거야. 하지만 생각
해 보게. 자네 아버지는 재산 중 한 가지를 자네에게 주었네. 그
게 무엇이겠는가."

아들은 마침내 랍비의 말을 알아듣고 활짝 웃었어요.

"제가 노예를 가지면 되겠군요. 노예는 아버지의 재산이니까요."

"하하하, 바로 그거야."

아들은 아버지의 재산 중 노예를 갖겠다고 했어요.

다시 생각해 보아요.

아들이 모든 재산을 노예에게 빼앗길 위기에 놓여 있어요. 살다 보면 이처럼 생각지 못한 어려움을 겪을 때가 있어요. 그럴 때 단념하고 포기하면 모든 것이 끝나요. 아버지는 아들에게 재산을 물려주어야 한다는 희망을 버리지 않았고 아들도 반드시 재산을 찾아야 한다는 희망을 버리지 않았어요. 희망을 가지면 반드시 좋은 날이 우리에게 찾아오지요.

17 불행 중 다행

　랍비 아키바가 나귀 한 마리와 개 한 마리를 데리고 여행을 하고 있었어요. 밤이 되자 랍비는 작은 등불을 켜고 묵을 곳을 찾았어요. 마침내 랍비는 헛간을 발견하고 그곳에 여장을 풀었어요.

　아키바는 잠들기에는 아직 이른 시간이라 등불을 켜고 책을 읽기 시작했어요. 그런데 갑자기 바람이 불어와 등불이 꺼졌어요. 할 수 없이 랍비는 잠을 청했어요. 그런데 그날 밤 여우가 와서 그의 개를 죽였어요. 뿐만 아니라 사자가 와서 그의 나귀를 물어가 버렸어요.

　그는 빈털터리가 되고 말았어요. 날이 밝자 그는 터벅터벅 길을 떠났어요. 그런데 마을이 적막했어요. 알고 보니, 전날 밤 도적 떼가 습격하여 마을을 파괴하고 물건들을 약탈해 간 거예요. 마을에는 한 사람도 남아 있지 않았어요.

　만일 전날 밤에 등불이 바람에 꺼지지 않았다면 랍비도 도적 떼에게 발견되어 죽음을 면치 못했을 거예요. 그리고 만일 여우가 개를 죽이지 않았다면 개가 짖어 도적 떼를 불러들였을 거예요. 또 사자가 나귀를 물고 가지 않았다면 나귀가 소란을 피웠을 거예요.

　결국 그가 살아남게 된 것은 불행한 일처럼 보인 그 세 가지 일들 때문이었어요. 그는 다음과 같은 진리를 깨달았어요.

　"사람이란 최악의 상황에서도 희망을 가질 필요가 있다. 불행처럼 보이는 일이 행운을 불러오는 경우가 얼마든지 있다."

다시 생각해 보아요.

'전화위복(轉禍爲福)'이라는 말이 있어요. 화가 바뀌어 오히려 복이 된다는 뜻이에요. 랍비가 목숨을 구할 수 있었던 것은 지난밤에 일어난 불행한 일 때문이었어요. 지금 어려운 일이 있어도 그 일로 인해 오히려 복이 올 것이라고 긍정적으로 말해 보아요. 그 말은 강력한 힘을 지니게 돼요. 희망을 가지면 불행이 오히려 행운이 돼요.

18 기도의 응답

항해 중이던 배가 갑자기 폭풍우를 만나게 되었어요. 배에는 여러 나라의 사람들이 타고 있었어요. 사람들은 각기 자기 나라에서 믿는 신에게 나름대로 기도를 올렸어요. 그러나 폭풍우는 멎을 줄 모르고 더욱 심해졌어요.

사람들이 한 유대인이 기도하지 않고 있는 것을 보고 물었어요.

"이런 상황에 당신은 왜 기도를 올리지 않는 것이오?"

유대인은 기도를 올리기 시작했어요. 그러자 폭풍우는 즉시 멎었고 바다에는 다시 평화가 찾아왔어요.

배가 무사히 항구에 도착했을 때 사람들이 그 유대인에게 물었어요.

"우리가 열심히 기도를 할 때에는 효과가 없었소. 그런데 당신이 기도를 하자 금방 폭풍우가 잠잠해졌소. 당신은 그 이유가 뭐라고 생각하시오?"

유대인은 이렇게 대답했어요.

"나도 정확히는 알 수 없습니다. 그러나 여러분은 자기 나라에서 믿는 신에게 기도한 것만은 사실입니다. 바빌로니아에서 오신 분은 바빌로니아의 신에게 기도를 했고, 로마에서 온 분은 로마의 신에게 기도를 했습니다. 하지만 바다는 그 어느 나라에도 속해 있지 않습니다. 우리 유대인들은 한 나라뿐 아니라 온 우주를 다스리는 위대한 신을 믿습니다. 그렇기 때문에 소원을 들어주신 것 같습니다."

다시 생각해 보아요.

유대인은 여호와가 자신들의 신일뿐 아니라 전 세계의 신이라고 믿어요. 그래서 어떤 어려움이 와도 여호와께 기도하면 소원이 이루어진다고 믿어요. 이 이야기에서도, 유대인은 자신들의 신인 여호와가 세상 모든 백성을 구하는 분임을 믿고 있어요. 확고한 믿음이 곧 희망이에요.

19 벌거숭이 임금님

마음씨 착한 부자가 자기 노예를 놓아주면서 이렇게 말했어요.

"이제부터 너는 자유의 몸이다. 네가 가고 싶은 곳으로 가서 이 물건들을 팔아 행복하게 살도록 해라."

부자는 많은 물건도 그에게 챙겨 주었어요.

노예는 배를 타고 떠났는데 폭풍을 만나 배가 침몰되고 말았어요. 그는 겨우 헤엄쳐서 가까운 섬에 도착했어요. 모든 것을 잃고 고독해진 그는 슬픔에 잠겼어요.

몸에 아무것도 걸치지 못한 채 벌거벗은 몸으로 섬으로 들어가니 커다란 마을이 있었어요. 그런데 마을 사람들이 모두 달려 나와 환호성을 올리며 그를 맞더니 왕으로 받드는 것이었어요.

그렇게 하여 그는 화려한 궁전에서 살게 되었어요. 그는 마치 꿈을 꾸고 있는 것처럼 도대체 믿어지지 않았어요. 그러던 어느 날 한 사람에게 이렇게 물었어요.

"아무리 생각해도 알 수 없는 일이오. 내가 이곳에 벌거숭이로 도착했는데 사람들은 나를 왕으로 받들어 주었소. 자네는 그 이유를 알고 있는가?"

그 사람이 대답했어요.

"우리는 살아 있는 인간이 아니라 영혼들입니다. 그래서 매년 한 번씩 살아 있는 사람이 이곳으로 와서 우리의 임금 노릇을 해 주기를 고대하고 있지요. 그렇지만 이 점은 꼭 알아 두어야 합니다. 임금님은 1년이 지나면 이곳에서 추방될 것이며, 생명체도 없고 먹을 것도 전혀 없는 황량한 곳으로 혼자 가야 합니다."

왕이 된 노예는 그 사람 덕분에 미리 모든 사실을 알게 되었어요.

"정말 고맙소. 그 말이 사실이라면 나는 지금부터 그때를 대비해 부지런히 여러 가지 준비를 해야겠소."

그리하여 그는 자주 시간을 내어 황량한 섬으로 가서 꽃도 심고 나무도 심으며 1년 후에 있을 추방에 대비하기 시작했어요.

1년이 되자 그는 호사스러운 섬에서 추방되어 처음 그곳에 도착할 때와 마찬가지로 벌거벗은 몸으로 죽음의 섬을 향해 떠나야만 했어요.

그러나 섬에는 아름다운 꽃들이 피어 있고, 과일들도 주렁주렁 달려 있었어요. 그곳에서 그는 또다시 행복한 나날을 보낼 수 있었어요.

이 야야기에 처음 나오는 착한 부자는 신을, 노예는 인간을 상징해요. 그리고 노예가 처음 도착해서 왕이 된 섬은 이 세상을, 그리고 1년 후 추방되어 간 곳은 사후 세계를 상징해요. 그리고 그 섬의 아름다운 꽃들과 과일들은 그가 미리 준비한 선행이에요.

다시 생각해 보아요.

노예는 비록 추방될 것이 뻔했지만 그에겐 희망이 있었어요. 자기가 갈 곳을 미리 살 만

한 터전으로 가꾸어 두었기 때문이에요. 모든 사람은 언젠가 세상을 떠나요. 선행을 쌓

아두지 못한 사람에겐 희망도 없어요.

20 맹세의 편지

서로 사랑하는 젊은 남녀가 있었어요. 남자는 여자에게 성실하게 대할 것을 편지에 써서 맹세했어요.

두 사람은 얼마 동안 행복한 나날을 보냈어요. 그러던 어느 날, 남자는 여자를 남겨둔 채 여행을 떠나게 되었어요. 여자는 그가 돌아오기를 손꼽아 기다렸지만 그는 오랫동안 돌아올 줄 몰랐어요.

그녀의 가까운 친구들은 그녀를 불쌍히 여겼지만 그녀를 시기했던 사람들은 남자가 영원히 돌아오지 않을 것이라고 말하며 비웃었어요.

여자는 늘 남자의 편지를 꺼내 읽었어요. 그 편지는 그녀를 위로해 주었고 그녀에게 힘을 주었어요.

어느 날 남자가 돌아왔어요. 여자는 오랫동안 자신이 겪었던 슬픔을 그에게 호소했어요.

남자가 그녀에게 물었어요.

"그토록 괴로운 세월 동안 어찌하여 나만을 기다리고 있었단 말이오?"

그러자 그녀가 웃으면서 대답했어요.

"저는 이스라엘과 같은 몸이기 때문이에요."

이스라엘 민족이 나라를 빼앗기고 떠돌던 시절에 다른 나라 사람들은 그들을 비웃었어요. 아무도 이스라엘이 나라를 되찾고 독립할 것이라는 것을 믿지 않았어요. 하지만 이스라엘 민족은 교회와 학교를 중심으로 그들의 전통을 지켰는데 그들은 신께서 주신 맹세를 계속 읽으며 그 약속을 굳게 믿었어요. 마침내 신은 그들에게 약속을 지키셨어요.

이 이야기의 여자도 남들이 비웃건 말건 남자가 편지로써 맹세했던 것을 굳게 믿으며 기다린 결과 남자가 돌아왔으므로 '이스라엘과 똑같다.' 고 한 거예요.

다시 생각해 보아요.

이 이야기에서 여자는 자신을 이스라엘과 같은 몸이라고 여겼어요. 그러니 희망을 잃어버릴 리 없지요. 여러분도 자신을 조국과 같은 몸이라고 여겨 보세요. 그러면 어떤 어려움도 이겨낼 수 있어요. 조국은 곧 우리의 희망이에요.

머리를 좋게하는 유대인식 질문 놀이

1. 나의 장래 희망을 생각해 보아요.

2. 여러분은 그 희망이 이루어진다고 믿고 있나요?

3. 희망을 이루려면 어떤 노력이 필요한지 생각해 보아요.

4. 희망이 이루어졌을 때의 나의 모습을 상상해 보아요.

5. 희망이 이루어졌을 때 내가 할 수 있는 일들을 생각해 보아요.

이 세상을 강하게 움직이는 건 희망이에요. 희망이 없다면 농부는 씨를 뿌리지 않고 어부는 바다에 나가지 않아요. 어떤 상황에서도 희망을 버리지 않는 사람이 꿈을 이루어 낼 수 있어요.

다섯 번째 이야기
효도

아버지를 존중하고 아버지에게 순종하는 것은,
아버지는 자녀를 위해
평생 노력하기 때문이다.

21 천국과 지옥

어느 가난한 집의 아들이 닭을 잡아 아버지께 드렸어요.

"웬 닭이냐? 대체 어디서 난 거냐?"

아버지는 놀라 아들에게 물었어요. 그러자 아들이 퉁명스럽게 말했어요.

"그건 알아서 뭐 하게요? 어서 잡수시기나 하세요."

아버지는 무안해서 아무 말도 못하고 잠자코 있었어요.

같은 마을에 방앗간이 있었어요. 방앗간의 아들은 밀 빻는 일을 했어요. 그의 집도 가난하기는 마찬가지였어요.

그때 나라의 임금이 온 나라의 방앗간의 주인들을 소집한다는 명령을 내렸어요. 그러자 방앗간의 아들은 아버지에게 일을 맡기고, 자기가 왕궁으로 갔어요.

그럼, 이 두 아들 가운데 누가 천국에 가고, 누가 지옥에 갔을까

요? 그리고 그 이유는 무엇일까요?

천국에 간 사람은 방앗간의 아들이에요. 그는 임금이 강제로 방앗간 주인들을 소집하는 것을 보고 잘 먹이지도 않고, 때리면서 일을 시킬 것이라고 생각했던 거예요. 그래서 아버지 대신 자기가 왕궁으로 갔어요. 그래서 그는 죽은 뒤에 천국에 가요.

첫 번째 아들은 그의 아버지에게 닭을 잡아 대접했으나 아버지의 묻는 말에 제대로 대답도 하지 않아요. 아버지를 무시하면서 무안을 주었기 때문에 그는 죽은 뒤에 지옥에 가요.

정성이 담긴 대접이 아니면, 차라리 부모에게 일을 하게 하는 편이 나아요.

다시 생각해 보아요.

부모님은 우리에게 대단한 것을 바라지 않아요. 그저 우리가 건강하게 잘 자라고 열심히 공부해서 훌륭한 사람이 되기를 원하실 뿐이에요. 가난한 부모님은 자식에게 많은 걸 해 주지 못해 언제나 가슴 아파하셔요. 부모님을 무시하면서 무안을 주는 자식은 지옥에 간다고 탈무드에서 말하고 있어요. 여러분은 방앗간 아들처럼 부모님의 은혜에 보답하는 사람이 되세요.

22 값진 효도

고대 이스라엘의 디머라는 마을에 한 남자가 살고 있었어요. 그는 금화 3천 개의 값어치에 해당하는 다이아몬드를 가지고 있었어요. 그는 다이아몬드를 아주 소중하게 여겼어요.

랍비는 성전을 장식하기 위해 다이아몬드를 두 배의 가격으로 사겠다고 흥정* 했어요. 그러자 남자는 다이아몬드를 팔겠다고 말했어요. 랍비는 다이아몬드 값의 두 배에 달하는 금화 6천 개를 가지고 왔어요.

"어서 다이아몬드를 가지고 오시오. 여기 금화 6천 개가 있소."

그러자 남자가 난처한 얼굴로 말했어요.

"죄송합니다만, 지금 드릴 수가 없습니다."

"그게 무슨 말이오? 혹, 다이아몬드를 잃어버리기라도 했단 말이오?"

랍비는 깜짝 놀라 물었어요.

흥정 : 물건을 사거나 팔기 위하여 품질이나 가격 따위를 의논하는 것을 말해요.

"그게 아니라……."

남자는 난처한 얼굴로 말했어요.

"실은 지금 아버지께서 낮잠을 주무시고 계십니다. 그런데 그 다이아몬드를 넣어 둔 금고의 열쇠가 아버지의 베개 밑에 있습니다."

"그래서 어쨌단 말이오? 아버지를 깨우면 될 것 아니오?"

랍비는 이해할 수 없다는 표정을 지으며 말했어요. 그러자 남자가 펄쩍 뛰며 말했어요.

"그건 안 될 일입니다. 아무리 두 배의 값을 주신다 해도 주무시

는 아버님을 깨울 수는 없습니다. 차라리 다이아몬드를 팔지 않
겠습니다."

랍비는 남자의 말을 듣고 크게 감탄했어요. 그리고 아버지가 깰
때까지 기다렸어요.

랍비는 설교하면서 그 남자의 효를 많은 사람들에게 알렸어요.

다시 생각해 보아요.

부모님을 사랑한다고 말하기는 쉽지만 그 사랑을 증명해 보이기는 쉽지 않아요. 사랑
을 증명해 보이려면 희생을 해야해요. 이 이야기에서 남자는 세상 그 어느 것보다도 아
버지를 가장 소중하게 여기고 있어요. 말로만 하는 사랑이 아니라 행동으로 보여 주는
사랑이에요.

23 진짜 아들

　한 남자에게 아들이 둘 있었어요. 그런데 둘 중 한 명만 자신의 아들이었어요.

　어느 날 갑자기 남자가 죽고 말았어요. 그런데 자기의 핏줄을 타고 난 아들에게만 전 재산을 물려준다는 유서가 남겨져 있었어요.

　유서는 랍비에게로 넘겨졌어요. 랍비는 두 아들 중 그의 핏줄을 타고난 아들을 가려내야만 했어요. 하지만 둘 다 자신이 진짜 아들이라고 말하고 있었기 때문에 알아낼 수가 없었어요. 랍비는 두 아들을 데리고 죽은 남자의 무덤으로 갔어요. 랍비는 유산을 물려받으려면 몽둥이로 아버지의 무덤을 힘껏 내리치라고 아들들에게 말했어요. 그러자 한 아들이 울면서 말했어요.

　"잘못했습니다. 제가 거짓말을 했습니다. 저는 아버지의 무덤을 절대로 칠 수 없습니다."

랍비는 무덤을 몽둥이로 칠 수 없다는 쪽이 그의 진짜 아들이라고
말하고 유서대로 이행했다.

다시 생각해 보아요.

효도는 부모님을 사랑하고 공경하는 마음 속에 있어요. 효는 말과 행동이 중요해요. 진
짜 아들은 무덤을 몽둥이로 칠 수 없다고 말하여 아버지에 대한 의리를 지키고 있어요.
효도는 이처럼 정성을 다하는 것이에요.

24 어머니

한 랍비가 어머니와 함께 길을 걷고 있었어요. 그런데 길이 온통 돌투성이어서 울퉁불퉁했어요. 늙은 어머니는 그 길을 걷기가 무척 힘이 들었어요.

그러자 랍비는 어머니가 한 걸음씩 발을 옮길 때마다 자신의 손을 어머니의 발밑에 받쳐 드렸어요.

탈무드에는 부모가 등장하면 언제나 아버지를 앞세워요. 그런데 이 이야기는 어머니만 등장하는 유일한 이야기에요.

그러나 유대인은 만일 부모

고맙다. 아들아.

가 동시에 물을 마시고 싶다고 하면, 아버지에게 먼저 물을 가져가요. 왜냐하면, 아버지를 가장 먼저 섬겨야 한다고 생각하기 때문이에요. 설령 어머니에게 물을 가져간다 하더라도 어머니는 자신이 먼저 그것을 마시지 아니하고 아버지에게 건네주지요.

다시 생각해 보아요.

부모님은 나를 낳으시고 길러 주셨으니 두 분이 아니시면 내가 없어요. 성경에서는 부모님께 순종해야 내가 잘되고 장수한다고 가르쳐요. 전통적으로 아버지는 한 가정의 가장으로 집안을 이끌어 가셨어요. 한 가족이 가장을 중심으로 서로 사랑하고 배려하는 것은 아름다운 일이에요.

 25 조상의 이름

　유대인들은 조상의 이름을 아이들에게 붙여 가족의 전통을 이어
나가요. 유대인의 이름에는 야곱, 아브라함, 이삭, 사무엘, 데이비
드와 같은 것들이 많은데 이는 모두 성서나 유대의 전통에서 따온
이름들이에요.

　하지만 죽은 조상의 이름만 붙이는 건 아니에요. 살아 있는 할아

야곱,
너 이름이
나오는데!

정말?

버지의 이름을 손자의 이름에 붙이기도 해요. 유대인들은 이렇게 이름을 지어서 기억 속에 조상들을 남겨요.

　부모는 자식이 성장하면 이름의 유래를 설명하면서 가족의 일체감을 심어 줘요. 더 나아가 그 이름을 바탕으로 성서나 이스라엘의 전통까지 일깨워 줘요. 자기와 똑같은 이름이 먼 옛날에 있었다는 것을 알면 그것만으로도 아이들은 조상에 대해 말할 수 없는 친근감을 느껴요. 그리고 그들 자신의 이름도 언젠가는 손자나 증손자에게 이어진다고 생각하면서 이름을 더럽혀선 안 된다고 굳게 결심해요.

다시 생각해 보아요.

조상의 이름을 자랑스러워하면 저절로 효도를 하게 돼요. 유대인들처럼 우리는 조상의 이름을 내 이름에 붙이지 않지만 성씨 성(姓)은 고스란히 이어져 내려와요. 우리도 오천 년의 역사를 가진 뿌리 깊은 민족이에요. 나의 뿌리가 되셨던 조상을 마음속으로 그려 보아요.

머리를 좋게 하는 유대인식 질문 놀이

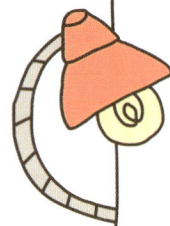

1. 지금까지 부모님이 나에게 어떤 사랑을 베풀어 주셨는지 생각
   해 보아요.

2. 부모님은 왜 우리를 소중하게 여기실까요?

3. 부모님은 왜 우리를 위해 희생하실까요?

4. 나는 부모님을 위해 효도를 하고 있나 생각해 보아요.

5. 부모님을 기쁘게 해 드릴 수 있는 방법을 생각해 보아요.

하나님이 세 천사를 불러 세상에서 가장 아름다운 것을 가져오라고 했어요. 한 천사는 꽃을, 두 번째 천사는 어린아이를, 세 번째 천사는 부모님의 사랑을 가지고 갔어요. 그런데 올라가는데 시간이 걸려 꽃은 시들고, 어린아이는 그만 짓궂은 녀석이 되어 버렸어요. 부모님의 사랑만이 변하지 않아 세 번째 천사는 하나님께 칭찬을 받았어요. 부모님의 사랑은 세상에서 가장 아름다워요. 그런데 부모님이 살아계실 때는 감사함을 모르다가 돌아가신 다음에야 그것을 느낀다면 무슨 소용이 있을까요?

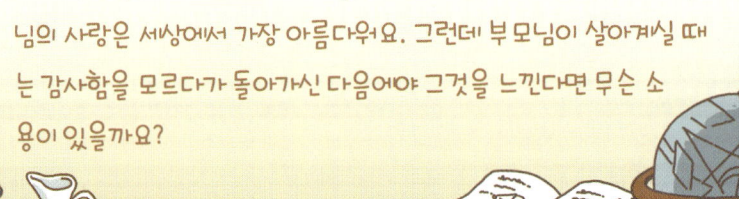

여섯 번째 이야기
정의

전당포*는 미망인*과 어린아이의
물건을 받아서는 안 된다.

전당포: 물건을 잡고 돈을 빌려 주어 이익을 취하는 곳이에요.
미망인 : 남편이 죽어 홀로 남은 여자.

26 다이아몬드의 주인

한 가난한 랍비가 있었어요. 그는 생활비를 벌기 위해 나무를 해서 장터에 내다 팔았어요.

그는 열심히 일을 해서 번 돈으로 당나귀 한 마리를 사야겠다고 생각했어요. 당나귀가 있으면 장터까지 오가는 시간이 절약되어 공부를 할 수 있기 때문이에요.

나무꾼 랍비는 장터에 살고 있는 아랍인에게 당나귀를 샀어요. 랍비의 제자들은 기뻐하면서 새로 산 당나귀를 냇가로 끌고 갔어요.

당나귀 목에 있는 갈기를 깨끗이 씻기려고 물을 붓고 문지르는데 무언가가 똑 떨어졌어요. 그것은 다이아몬드였어요.

"아니, 이런 횡재가 있나! 우리 스승님은 이제 고생을 다 했군."

제자들은 뛸 듯이 기뻐하며 다이아몬드를 몰래 감춰들고 랍비에게 갔어요.

"스승님, 하나님께서 복을 주셨습니다. 글쎄 스승님이 새로 산 당나귀의 갈기에서 다이아몬드가 나오지 않았겠습니까?"

제자들은 랍비의 손에 다이아몬드를 조심스럽게 놓아 주었어요.

그런데 랍비는 제자들에게 이렇게 말하는 것이었어요.

"이 다이아몬드는 아랍 상인의 것이다. 그에게 갖다 주어라."

제자들은 황당한 얼굴을 하며 랍비에게 말했어요.

"어찌 이게 아랍 상인의 것이란 말입니까? 당나귀는 스승님의 것
입니다."

"나는 당나귀만 샀을 뿐이다. 그런데 어찌 이 다이아몬드를 가질
수 있단 말이냐?"

랍비는 제자들에게 이렇게 말하고 다이아몬드를 들고 아랍 상인을 찾아갔어요.

그런데 아랍 상인도 이렇게 말하는 것이었어요.

"그 누구도 이와 같은 경우에 당신처럼 행동하지 않을 것이요. 나는 당신에게 아주 감탄하였소. 나도 당신처럼 훌륭한 사람이 되고 싶소. 이 다이아몬드는 당신이 가지시오."

그러자 랍비가 이렇게 대답했어요.

"우리 유대인들은 오로지 자기가 산 물건만 갖습니다. 그것이 우리의 전통이고 신앙이랍니다. 그래서 이 다이아몬드를 당신에게 가져온 것입니다."

아랍 상인은 놀라는 얼굴로 이렇게 말했어요.

"당신들의 하나님은 정말로 훌륭한 분이시군요."

다시 생각해 보아요.

세상 곳곳에서 크고 작은 다툼들이 많이 일어나는데 그 원인이 무엇일까요? 하나라도 더 차지하려는 이기적인 욕심 때문이지요. 랍비는 다이아몬드에 욕심을 내지 않았어요. 왜냐하면 신앙심을 더 귀하게 여겼기 때문이에요. 랍비가 정의를 실천했기 때문에 랍비의 주변이 아주 평화로워졌어요.

 **27** 붕대

법이란 마치 붕대와 같아요.

어느 나라의 왕이 상처를 입은 아들에게 붕대를 감아 주면서 말했
어요.

"아들아, 이 붕대를 꼭 감고 있어라. 그러면 네가 무엇을 먹든지,
어디를 달리든지, 혹은 물속에 들어간다 해도 아픔을 느끼지 않

을 것이다. 그러나 이 붕대를 풀어 버린다면 상처가 심해질 것이다.”

인간의 마음도 이와 같아요. 사람의 마음속에는 악한 생각이 숨어 있기 마련이에요. 그렇지만 법을 지키고 있는 한 결코 사람은 악에 빠지지 않아요.

다시 생각해 보아요.

우리는 법 없이는 하루도 살아갈 수 없어요. 길을 걷고 있는 순간에도, 문구점에서 학용품을 사고 있는 순간에도 우리는 법에 의해 만들어진 질서 속에서 행동하는 거예요. 그러므로 우리는 법을 잘 알아야 해요. 법이 우리를 보호해 주고 있기 때문이에요. 법은 지식이 아니라 상식이에요.

28 물레방아

갑과 을, 두 사람이 있었어요. 갑은 물레방아가 있었는데 을은 없었어요. 갑은 을에게 물레방아를 빌려 주면서 대신 자신의 곡식을 모두 찧어 달라고 했어요.

세월이 흘러 갑은 아주 큰 부자가 되었어요. 그래서 물레방아를 몇 개 더 샀어요. 갑은 이제 을에게 곡식을 찧어 달라도 부탁할 필요가 없었어요. 그래서 물레방아 사용료를 돈으로 달라고 했어요. 하지만 을은 처음 약속대로 계속 곡식을 찧어 주는 것으로 물레방아 사용료를 갚겠다고 했어요.

탈무드는 이 일을 이렇게 판단해요.

"만일 을이 갑의 곡식을 찧는 방법 외에는 물레방아 사용료를 지불할 능력이 없다면 처음 약속대로 한다. 하지만 갑의 곡식 외에 다른 사람의 곡식을 찧어 돈을 번다면 갑의 요청을 들어주어야 한다."

물레방아 사용료를 내시오.

처음 약속대로 곡식을 찧어서 내겠소.

다시 생각해 보아요.

탈무드에는 "판사는 반드시 진실과 평화 양쪽을 구해야 한다. 진실만을 지키려고 하면 평화가 깨진다. 그러니 진실도 지키고 평화도 지킬 수 있어야 한다."라는 격언이 있어요. 갑과 을에 대해 탈무드는 진실과 평화를 지킬 수 있는 올바른 판단을 내렸어요. 가난한 을의 입장을 최대한 배려했기 때문이에요.

# 29 소유권*

　유대인들은 가축의 경우에는 낙인*을 보고, 물건의 경우에는 새겨진 이름을 보고 주인을 찾아요. 하지만 아무것도 표시되어 있지 않을 땐 어떻게 했을까요?

　두 사람이 각각 다른 문으로 극장에 들어왔어요. 한가운데 빈자리가 하나 있어서 우연히 두 사람은 동시에 그곳으로 가서 앉으려고 했어요. 그런데 빈자리에는 주인을 알 수 없는 지폐가 한 장 떨어져 있었어요. 두 사람은 똑같이 그 지폐를 자신이 가져야 한다고 주장했어요. 어떻게 해결할 수 있을까요?

　탈무드는 똑같이 반씩 나누어 가져야 한다고 말해요. 그러나 단 성서에 손을 얹고 선서한 다음 양심에 비추어 부끄럽지 않을 경우에 한해서 그렇게 하라고 되어 있어요. 이것은 성서에 손을 얹고 선서한 자에게 소유권을 인정한 것이에요.

소유권: 물건이 가지는 사용 가치나 교환 가치의 전부를 지배할 수 있는 권리예요.
낙인: 쇠붙이로 만들어 불에 달구어 찍는 도장. 목재나 기구, 가축 따위에 주로 찍고 예전에는 형벌로 죄인의 몸에 찍는 일도 있었어요.

　그런데 만약 그것이 양이나 소처럼 가축인 경우에는 둘로 나눌 수 없는 일이에요. 그럴 때는 동물을 팔아 나누어 가지거나 한쪽이 다른 한쪽에게 그 값의 절반을 지불하고 가지면 돼요. 하지만 물건이든 가축이든 진짜 주인이 나타날 수 있으므로 일정 기간 동안 기다렸다가 그렇게 해야 해요.

다시 생각해 보아요.

돈이든 물건이든 가축이든 길에 버려져 있더라도 엄연히 주인은 있는 법이에요. 그래서 그것을 주웠어도 함부로 사용하면 남의 재산을 사용한 것이나 다름없어요. 이것을 대한민국 법에서는 '점유이탈물 횡령죄'라고 해요. 우리는 길에서 남의 것을 주우면 반드시 경찰에 신고해야 돼요. 그런데 만약 주인이 나타나면 그 물건의 5~20% 안에서 보상금을 받을 수 있어요. 만약 1년 동안 주인이 나타나지 않으면 주운 사람이 가질 수 있어요.

30 애애

물건을 사고 나서 마음이 바뀔 때가 종종 있어요. 물건에 대해 확실히 모르기 때문에 그래요. 그래서 유대인 장사꾼들은 물건을 산 사람에게 일주일 동안 시간을 주었어요.

오늘날에는 거의 모든 상품에 가격표가 붙어 있지만 옛날 탈무드

시대에는 상품에 일정한 가격이 매겨져 있지 않았어요. 그때 유대인들은 파는 사람 마음대로 가격을 불렀어요. 그래서 터무니없이 비싼 값으로 팔지 못하도록, 만일 상식적인 가격의 6분의 1 이상을 가격에 붙이면 탈무드에서는 매매행위를 무효로 인정했어요.

또 계량기를 속여 파는 경우가 종종 있었어요. 그땐 산 사람에게 올바르게 계량하도록 말할 수 있는 권리를 주었어요.

물건을 파는 사람을 보호하는 법도 탈무드에 있어요. 물건을 살 생각이 없으면 흥정을 해서는 안 된다고 했어요. 이것은 가게 주인을 피곤하게 만드는 일이기 때문이에요. 또 다른 사람이 먼저 사겠다고 말한 물건을 가로채서도 안 된다고 규정해 놓고 있어요.

다시 생각해 보아요.

'소비자 주권'이라는 말이 있어요. 소비자가 상품에 대해 정확하게 판단하고 당당하게 요구하여 더 좋은 물건이 세상에 나올 수 있도록 영향력을 행사하는 것을 말해요. 하지만 소비자가 무조건 자신의 이익만 얻으려고 하면 안 돼요. 탈무드에서는 물건을 파는 사람과 사는 사람을 함께 보호하고 있어요.

머리를 좋게하는 유대인식 질문 놀이

1. 여러분은 거짓말을 한 적이 있나요? 거짓말은 왜 나쁜가요?

2. 여러분은 어떤 사람을 정의롭다고 생각하나요?

3. 대부분의 사람들이 행복하다면 정의로운 사회인가?

4. 법을 잘 지키면 왜 정의로운 사회가 될까요?

5. 정의로운 사회를 만들기 위해 내가 할 수 있는 일이 무엇인지 생각해 보아요.

정의란 바른 마음을 행동으로 옮기는 것을 말해요. 하지만 착한 일을 했어도 자신의 이익을 따져서 했다면 정의롭지 못해요. 정의를 실천하면 모든 사람이 공평하게 사는 세상을 만들 수 있어요.

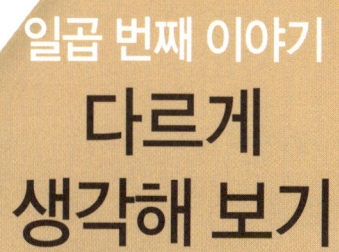

일곱 번째 이야기
다르게
생각해 보기

말없이 듣기만 하는 교실에서는
많은 앵무새밖에 자라지 않는다.

굴뚝 청소를 하는 아이

한 랍비가 제자에게 물었어요.

"두 아이가 굴뚝 청소를 하고 나왔는데 한 아이의 얼굴은 시커먼 그을음이 묻어 있었고, 다른 아이의 얼굴에는 그을음이 없었네. 그렇다면 두 아이 중에서 누가 얼굴을 씻었겠는가?"

"그야 물론 얼굴이 더러운 아이겠지요."

제자의 대답에 랍비는 고개를 저으며 말했어요.

"그렇지 않아. 얼굴이 더러운 아이는 깨끗한 아이를 보고 자기 얼굴도 깨끗할 것이라고 생각해서 씻지 않지. 하지만 얼굴이 깨끗한 아이는 얼굴이 새까맣게 된 아이를 보고 자기 얼굴도 그럴 것이라고 생각하고 씻는다네."

"과연 그렇겠군요."

제자들은 고개를 끄덕였어요.

랍비가 다시 물었어요.

"그렇다면 다시 같은 질문을 하지. 굴뚝 청소를 마치고 나온 두 아이가 있네. 한 아이의 얼굴은 그을음으로 더러워져 있었고, 다른 아이는 그을음 하나 묻지 않은 깨끗한 얼굴이었네. 두 아이 중 누가 세수를 하겠는가?"

제자가 당연하다는 듯이 웃으며 대답했어요.

"얼굴이 깨끗한 아이겠지요."

랍비가 다시 고개를 저으며 말했어요.

"두 아이 모두 굴뚝 청소를 했는데, 어떻게 한 아이는 얼굴이 깨끗하고, 한 아이는 더러울 수 있단 말인가?"

다시 생각해 보아요.

랍비는 제자들이 다르게 생각해 보기를 바라고 있어요. 조금만 다르게 생각하면 새로운 것을 창조할 수 있기 때문이에요. 사람들은 동물원에 가서 우리에 갇힌 동물들을 구경해요. 그런데 반대로 생각해 볼까요? 사람들이 우리에 갇혀서 자유로운 동물들을 구경해 보는 거예요. 그곳이 바로 아프리카 케냐의 '사파리 자연 동물원'이에요. 동물들은 자유롭게 뛰어다니고 사람들은 마치 우리처럼 생긴 차를 타고 신 나게 동물들을 구경하지요.

32 로마 황제와 랍비의 딸

인류 최초의 여성인 하와는 하나님이 아담의 갈비뼈 하나를 뽑아 만든 거예요.

어느 날 로마 황제가 한 랍비의 집에 찾아가 이런 질문을 했어요.

"하나님은 도둑이나 다름없소이다. 어째서 남자가 잠자는 틈을 타서 몰래 갈비뼈를 훔친단 말입니까?"

그때 옆에서 조용히 이 말을 듣고 있던 랍비의 딸이 끼어들었어요.

"폐하, 폐하의 부하 한 사람만 제게 보내 주십시오. 좀 난처한 문제가 생겨서 알아보고자 합니다."

"그야 어렵지 않은 일이다. 하지만 네가 말하는 그 난처한 문제가 무엇이냐?"

황제의 물음에 랍비의 딸이 대답했어요.

"실은 어젯밤에 저희 집에 도둑이 들었는데 금고를 훔쳐 갔습니다. 그런데 금고를 가져간 대신 황금 항아리를 놓고 갔습니다. 이

것이 난처한 일이 아니고 무엇이겠습니까? 그래서 그 까닭을 조
사해 보고자 합니다."

"거 참 부러운 일이로다. 까닭을 조사할 필요가 있겠느냐? 그런
도둑이라면 내게도 들어왔으면 좋겠구나."

황제의 답변을 듣고 랍비의 딸이 말했어요.

"폐하께서 그렇게 말씀하실 줄 알았습니다. 이 일은 곧 하나님께서 아담의 갈비뼈 한 개를 가져가신 일과 다름없지 않습니까? 하나님께서는 갈비뼈 한 개를 가져가신 대신 비교할 수 없을 정도로 가치가 있는 보물인 여자를 세상에 남기셨습니다."

그 말을 들은 로마 황제는 아무 말도 못했어요.

다시 생각해 보아요.

똑같은 사실인데 황제와 랍비의 딸은 서로 반대로 생각하고 있어요. 황제는 신에게 불평불만을 말하고 랍비의 딸은 감사를 말하고 있어요. 랍비의 딸은 어떻게 황제와 다른 것을 생각할 수 있었을까요? 랍비의 딸은 모든 사물이 가진 제각각의 아름다움을 볼 줄 알기 때문이에요.

33 생각의 차이

두 남자가 함께 여행을 하고 있었어요.

그런데 그만 식량이 모두 떨어지고 말았어요.

"먹을 것을 구해야 할 텐데……."

둘이 힘겹게 걷고 있었는데 다행히 멀리 집 한 채가 보였어요.

그 집에는 사람이 없었어요. 그런데 살펴보니 유난히 높은 천장에 큰 과일 바구니가 매달려 있었어요. 한 남자가 체념한 듯 말했어요.

"이거야 원! 저렇게 높이 매달려 있는데 저걸 무슨 수로 꺼내 먹겠어?"

그러자 다른 남자가 말했어요.

"과일이 엄청 많군. 실컷 먹고도 남겠어. 하지만 너무 높군. 그래도 과일이 저곳에 있다는 것은 누군가 저기에 매달아 두었다는 것이지. 그러니 분명히 저 바구니를 내릴 방법이 있을 거야."

그들은 요리조리 궁리를 하기 시작했어요.

다시 생각해 보아요.

두 남자는 똑같은 상황에 있지만 한 남자는 부정적으로, 다른 남자는 긍정적으로 생각
하고 있어요. 수학자이며 철학자였던 파스칼은 '인간은 생각하는 갈대다.' 라고 했어
요. 이 말은 인간은 마치 갈대처럼 흔들리기 쉽지만 생각하는 힘이 있기에 위대하다는
뜻이에요. 여러분에게도 어려움이 찾아와요. 그때마다 긍정적으로 남다르게 생각하면
모두 이겨낼 수 있어요.

34 약자와 강자

세상에 강하다고 여겨지는 것이 형편없이 약한 것을 두려워할 때가 있어요.

사자는 자기를 마구 물어뜯는 모기를 두려워해요.

코끼리는 자기 다리를 파고들어 오는 거머리를 두려워해요.

전갈은 파리를 두려워해요. 꼬리에 파리가 붙으면 찌르려다가 그만 자기 독으로 자기 꼬리를 찌르는 경우가 있어요. 파리가 워낙 순발력이 좋아 금세 날아가 버리기 때문이에요.

매는 파리잡이 거미를 두려워해요. 열대나 사막엔 파리잡이 거미가 살아요. 파리잡이 거미는 거미줄을 치지 않고 먹이가 나타나면 얼른 낚아채서 먹어요. 파리잡이 거미가 매의 날개에 붙으면 잘 떨어지지 않아요. 매는 아주 어려움을 겪게 되지요.

힘센 자가 무조건 약자에게 두려운 존재는 아니에요. 아무리 약한 자라도 조건만 성립되면 강자를 굴복시킬 수 있어요.

난 거미가
싫어!

난 거머리가
정말 싫어!

모기
싫어!

다시 생각해 보아요.

사람들은 최고로 강해지고 싶어 해요. 하지만 약하고 부드러운 것이 큰 힘을 발휘할 때가 있어요. 한 방울의 물은 약하고 부드럽지만 모여서 거대한 선박을 띄워요. 약하다고 기죽지 말아요. 우리는 어떤 일이든 해낼 수 있어요.

35 죄의 개념

인간이란 누구든지 죄를 짓기 마련이라고 유대인들은 생각해요.

이를테면, 활을 잘 쏘는 사람이 과녁을 명중시키지 못할 수도 있는 것처럼, 본래는 죄를 범할 까닭이 없는 사람이 우연히 죄를 범하게 된 거라고 생각하지요.

또 유대인은 자기 죄에 대해 용서를 빌 경우에도 '나'라는 말

우리 모두의
갈못입니다!

을 사용하지 않고, 반드시 '우리' 라는 말을 사용해요. 비록 개인이 단독으로 저지른 죄라 할지라도 반드시 여럿이 함께 저지른 것처럼 생각하는 거예요. 유대인들은 유대인이라면 모두가 한 가족이라고 생각해요. 한 사람의 유대인이 죄를 저지른 것은 곧 그들 전체 유대인이 죄를 저지른 것으로 생각하지요. 유대인들은 비록 자기 자신이 아무것도 훔친 것이 없더라도 지금 누군가가 훔치고 있을지도 모르기 때문에 언제나 하나님께 빌어야만 해요. 그들은 자신이 행한 자선이 모자라 그들이 훔치는 행위를 했다고 생각하기 때문이에요.

다시 생각해 보아요.

유대인들은 사람은 사랑하고 또 사랑받기 위해 창조되었다고 믿어요. 그 사랑이 다른 사람의 죄를 나의 탓으로 돌리게 만들었어요. 이런 생각이 유대민족을 한 덩어리로 뭉치게 만들었어요.

머리를 좋게하는 유대인식 질문 놀이

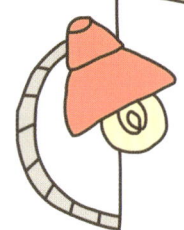

1. 어떤 일을 다르게도 생각해 본 적이 있나요?

2. 다르게 생각하면 어떤 좋은 점이 있을지 생각해 보아요.

3. 내 생각이 우주보다 넓다는 것을 믿고 있나요?

4. 나에게 있는 남과 다른 생각은 왜 소중할까요?

5. 어려움이 찾아왔을 때 긍정적으로 생각하면 우리에게 어떤 좋은 일이 생길까요?

우물 안의 개구리는 자기가 올려다보는 세상이 전부인 줄 알아요. 하지만 세상은 넓고 넓어요. 하지만 세상보다도 더 넓은 게 있어요. 그건 여러분의 생각이에요. 좁은 생각 속에 나를 가두지 말아요. 다르게 생각하면 수없이 많은 기회가 나를 찾아오지요. 남보다 뛰어난 사람이 아니라 남과 다른 사람이 되도록 노력하세요.

여덟 번째 이야기
어려움을
이겨내기

몸의 모든 부분은
마음에 의존하고 있다.

36 신이 맡긴 보석

아주 훌륭한 랍비가 있었어요. 랍비는 교회에서 열심히 설교를 하고 있었어요. 그런데 랍비의 두 아들이 병에 걸렸는데 그만 그 시간에 죽어가고 있었어요.

아이들이 끝내 아빠를 보지 못한 채 죽고 말자 랍비의 아내는 슬퍼서 몹시 울었어요. 랍비의 아내는 랍비에게 이 일을 어떻게 알려야 할지 고민이 되었어요. 랍비가 충격을 받아 아무 일도 못할까 봐 걱정이 되었기 때문이에요.

랍비는 이런 사실도 모른 채 설교를 마치고 집으로 돌아왔어요. 그때 아내가 랍비에게 이렇게 질문했어요.

"제가 묻는 말에 대답해 주세요. 어떤 사람이 잘 보관해 달라며 매우 값비싼 보석을 맡긴 적이 있답니다. 그런데 갑자기 그 보석을 찾아가겠다고 합니다. 제가 어떻게 하면 좋겠습니까?"

그러자 랍비가 얼른 대답했어요.

"그야 당연히 돌려주어야지요."

그러자 아내가 울면서 이렇게 말했어요.

"하느님께서 조금 전에 우리에게 맡기셨던 두 개의 값진 보석을

가져가셨답니다."

랍비는 아내의 말을 즉시 알아듣고 두 아들이 누워 있는 방으로 들어갔어요. 랍비는 몹시 슬펐지만 하느님께 기도하며 슬픔을 이겨 냈어요.

다시 생각해 보아요.

랍비가 두 아들을 잃은 건 너무 큰 시련이에요. 하지만 랍비는 그 시련을 통해 더욱 굳은 마음을 갖게 되었어요. 랍비는 두 아들을 다시 만날 때까지 열심히 다른 사람들을 위해 일할 거예요. 시련을 이기지 못하는 사람은 아무것도 이루지 못해요.

37 사랑

솔로몬에게 영리하고 아름다운 공주가 있었어요. 그런데 공주가 자신의 신분과 어울리지 않는 남자와 사랑을 했어요. 솔로몬은 몹시 화가 나서 딸을 한 작은 섬으로 데리고 가 별궁에 감금시킨 뒤 경비병을 수없이 배치시켜 놓았어요. 그리고 상대 남자는 아무것도 없는 광야로 쫓아냈어요.

하지만 공주도 그 남자도 결코 마음을 바꾸지 않았어요. 어떤 어려움이 있어도 이겨내면 꼭 다시 만날 것이라고 생각했어요.

남자는 어딘가 황무지를 혼자 방황하고 있었어요. 어느 날 밤, 너무 추위를 느낀 그는 죽어 있는 사자를 보았어요. 남자는 사자의 품 안으로 들어가 잠을 청했어요. 그런데 갑자기 어디선가 커다란 새가 나타나 사자를 통째로 들고 날아가는 것이었어요.

그런데 우연하게도 새는 공주

가 갇혀 있는 별궁 위로 날아가는 것이었어요. 그런데 그만 실수로 사자를 놓쳤어요.

 콰 소리가 나기에 공주는 깜짝 놀라 나가 보았어요. 그곳엔 죽은 사자가 하늘에서 떨어져 있었어요. 잠시 후 죽은 사자의 품을 열고 한 남자가 나왔어요. 공주와 남자는 너무 놀라 얼어붙은 듯 서로를

바라보았어요. 그들은 자신들에게 찾아온 이 운명적인 사건에 감격하면서 눈물을 흘렸어요. 이제 그 누구도 그들을 갈라놓을 수 없었어요.

일어날 일은 반드시 일어나고야 말아요.

다시 생각해 보아요.

억울한 일을 당했을 땐 정말 분하고 억울한 생각이 들어요. 하지만 잘 이겨내면 진짜 이기게 돼요. 어려움이 찾아왔을 때 잠시 시간을 두고 생각해 보아요. 공주와 남자에게 기적이 일어난 것처럼 나에게도 꼭 일어나야 할 일은 일어나고야 만답니다.

38 위기를 극복한 부부

결혼한 지 십 년이 지난 어느 부부가 있었어요. 그들은 금슬이 좋은 부부로 겉으로 보기에는 매우 행복하게 보였어요. 하지만 어느 날 남편이 랍비를 찾아와 이혼을 허가해 달라고 말했어요. 랍비는 왜 이혼을 원하게 되었는지 남편에게 조용히 물어 보았어요. 알고 보니 아내가 아이를 낳지 못해 남편의 가족들이 이혼할 것을 강요하는 것이었어요. 유대의 전통에 의하면, 결혼하고 십 년이 넘도록 여자가 아이를 낳지 못하면 남자는 이혼을 해 달라고 말할 수 있었어요.

하지만 남자는 랍비에게 이렇게 말했어요.

"나는 아내를 사랑합니다. 사실은 이혼하기를 원하지 않습니다. 하지만 가족들의 압력이 너무 강해서 어찌해야 좋을지 모르겠습니다."

랍비는 해결책을 가지고 있었어요. 그래서 남편에게 이렇게 말했어요.

"아내를 위하여 성대한 파티를 열도록 하세요. 그리고 초청한 사람들에게 아내가 얼마나 훌륭했는가를 자랑스럽게 말하세요."

랍비의 말을 들은 남편은 매우 만족해했어요. 그는 아내가 싫어서 헤어지는 것이 아니라는 것을 사람들에게 꼭 밝히고 싶었기 때문이에요.

랍비는 이번엔 남편에게 이렇게 물었어요.

"아내와 헤어질 때 어떤 선물을 주고 싶나요?"

남편은 아내가 오래도록 간직할 수 있는 것을 선물로 주고 싶다고 말했어요.

랍비는 아내를 불러 남편이 선물을 주고 싶어 한다는 걸 말해 주었어요. 그러니 꼭 갖고 싶은 선물 한 가지를 생각해 두라고 일러주었어요.

마침내 파티가 열렸어요.

남편이 아내에게 물었어요.

"내가 가지고 있는 것 중에서 당신이 가장 갖고 싶은 것을 하나만 말하시오. 그것이 무엇이든 선물로 주겠소."

아내는 그 자리에서 가장 갖고 싶은 것 한 가지는 남편이라고 했어요.

당신요!

이 말을 듣고 남편은 물론 그곳에 모인 모든 사람들이 감동이 되어 눈시울을 붉혔어요. 그리하여 그들은 이혼을 취소하고 행복하게 살 수 있었어요. 그런데 훗날 그들에게 아기가 둘이나 태어났다고 해요.

다시 생각해 보아요.

이 이야기의 부부는 사랑으로 어려움을 극복했어요. 인간이 살아가는 데 가장 중요한 것이 사랑이에요. 사랑하는 사람끼리는 아무것도 바라지 않아요. 오직 서로만 소중해요. 그러기에 어떤 어려움이 와도 쉽게 이겨내요. 사랑은 또 불가능한 것을 가능하게 만들어요. 그러기에 부부가 아이를 두 명이나 얻게 된 거예요.

39 지혜로 찾은 돈

어느 상인이 도시로 가서 장사를 했어요. 너무 장사가 잘 되어 금

화가 두둑해지자 상인에겐 걱정거리가 생겼어요. 몸에 지니고 다니

면 돈을 도둑맞을 수 있기 때문이에요. 그는 곰곰이 생각하다가 금

이걸 다시 묻고
많은 돈을 묻으면
또 가져 가야지.

내 생각대로
하는군…

화를 땅속에 묻기로 했어요. 그는 아무도 없는 곳으로 가서 금화를 땅속에 깊이 묻었어요.

다음 날 상인은 금화를 묻었던 곳에 가 보고 소스라치게 놀랐어요. 누군가 땅을 파헤치고 금화를 모두 훔쳐간 거예요. 아무리 생각해도 돈이 없어진 까닭을 알 수가 없었어요. 그가 돈을 묻을 때 본 사람이 없었기 때문이에요.

당황한 상인은 사방을 둘러보았어요. 그랬더니 그곳에서 멀리 떨어진 곳에 집이 한 채 있었어요. 상인은 그 집 한쪽 벽이 뚫려 있는 것을 발견했어요. 상인은 그 집에 살고 있는 사람이 자기가 돈 묻는 것을 그 구멍으로 내다보고 있다가 꺼내간 것임을 알아차렸어요.

상인은 곰곰이 돈주머니를 되찾을 수 있는 방법을 생각해 보았어요.

상인은 그 집의 노인을 찾아가 어수룩하게 물어 보았어요.

"노인께서는 오랜 세월을 살아오셨기 때문에 지혜가 있으실 것입니다. 그러니 저에게 지혜를 좀 빌려 주십시오. 사실은 제가 물건을 사려고 돈을 좀 가지고 이곳에 왔습니다. 한 주머니엔 은화 5백 개가 들어 있고, 다른 주머니엔 은화 8백 개가 들어 있습니다. 저는 도둑맞을까봐 작은 주머니를 남몰래 어느 곳에 묻어 두었습니다. 그런데 나머지 큰 지갑도 같이 묻어 두는 것이 좋을까요,

아니면 믿을 만한 사람에게 맡겨 두는 것이 좋을까요?"

그러자 노인은 나머지 돈주머니도 가질 생각으로 땅에 묻는 것이 낫다고 얼른 대답했어요.

상인이 고맙다는 인사를 하고 떠나자 노인은 얼른 돈주머니를 들고 원래 있던 나무 아래로 가서 그 상인을 비웃으며 돈주머니를 다시 파묻었어요.

상인은 이 모든 광경을 몰래 숨어서 지켜보았어요. 노인이 다른 돈주머니까지 가지기 위해 틀림없이 훔쳐간 돈 주머니를 제자리에 묻어 놓을 것이라고 짐작했던 거예요.

그 계산은 딱 들어맞았고 상인은 돈 주머니를 다시 찾을 수 있었어요.

다시 생각해 보아요.

상인은 돈을 잃었을 때 낙심하거나 포기하지 않고 차분하게 생각해서 해결할 방법을 찾았어요. 여러분도 어려운 일이 생겼을 때 깊이 생각하는 습관을 가져 보아요. 반드시 현명한 생각이 떠오를 거예요.

40 머리와 꼬리

뱀 한 마리가 있었어요.

꼬리는 늘 머리가 가는 대로만 따라다니는 게 못마땅했어요. 그래서 어느 날 머리에게 불만을 터뜨렸어요.

"왜 나는 네 꽁무니만 따라다녀야 하는 거지? 너는 왜 항상 나를 무작정 네 멋대로 끌고 다니는 거야? 이건 너무나 불공평해. 너도 나와 마찬가지로 뱀의 일부분일 뿐인데, 나만 노예처럼 네게 끌려다녀야 한다는 것은 말이 안 돼!"

그러자 머리가 말했어요.

"꼬리야, 바보 같은 소리 좀 하지 마. 너에게는 앞을 볼 수 있는 눈도 없고, 위험을 알아차릴 귀나 혀도 없고, 행동을 결정할 수 있는 뇌도 없잖아. 내가 너를 끌고 다니는 것은 나만을 위해서가 아니야. 너를 생각해서 그렇게 하는 거야."

머리의 말을 들은 꼬리는 큰 소리로 비웃고 나서 말했어요.

"그 따위 쓸데없는 소리는 귀가 아프도록 들어왔으니까 나를 쉽게 설득할 생각은 아예 하지도 마."

그래서 하는 수 없이 머리는 이런 제안을 했어요.

"네가 정 그렇게 생각한다면, 내 일을 꼬리 네가 대신 한번 해 보는 것이 어떻겠니?"

이 말을 들은 꼬리는 뛸 듯이 기뻐했어요. 그리고 머리를 끌고 앞서서 가기 시작했어요. 그러나 얼마 지나지 않아 뱀은 깊은 웅덩이

활 활 활 활
그쪽으로
가지마!

로 굴러 떨어지고 말았어요. 머리가 갖은 고생을 다해 겨우 뱀은 웅덩이에서 빠져나올 수 있었어요.

그리고 다시 얼마를 기어가다가 꼬리는 가시덩굴이 무성한 덤불 속에 갇히고 말았어요. 꼬리가 빠져나오려고 기를 쓸 때마다 가시가 뱀의 몸을 찔러 상처를 냈어요. 이번에도 역시 머리가 애를 써서 가시덤불에서 빠져나오기는 했지만 뱀은 이미 온몸이 성한 곳이 없었어요.

그런데도 꼬리는 다시 앞장서서 기어가기 시작했어요. 그런데 이번에는 산불이 난 곳으로 기어들고 말았어요. 뱀은 갑자기 눈앞이 깜깜했어요. 공포에 사로잡힌 머리는 위기에서 급히 벗어나기 위해 필사적으로 움직였어요. 그러나 이미 때는 늦었어요. 결국 뱀은 맹목적인 꼬리 때문에 죽고 말았어요.

다시 생각해 보아요.

꼬리가 투정을 부린다고 양보한 머리는 자기에게 주어진 임무를 소홀히 여겼어요. 그래서 비록 어려움이 있을 때마다 잘 헤쳐 나왔지만 결국은 실패하고 말았어요. 각자에게 맡겨진 임무를 성실하게 다할 때 우리는 어려움을 이겨낼 수 있어요.

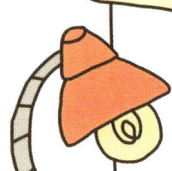

머리를 좋게하는 유대인식 질문 놀이

1. 여러분도 힘든 일이 있었나요. 그때 여러분의 마음은 어떠했나
   요?

2. 다른 사람이 어려움을 이겨내는 것을 본 적이 있나요?

3. 어려움이 왔을 때 낙심하면 도리어 어떤 일이 생길까요?

4. 어려움을 이겨내면 우리에게 어떤 좋은 일이 생길까요?

5. 어려움이 때로는 우리에게 이득이 되는 이유는 무엇일까요?

보잘것없는 진흙이 1250도의 불가마 속에 들어가 견뎌내면, 흙 속에 있던 유기질들이
녹아나와 아름다운 도자기가 되지요. 어려움은 누구에게나 찾아오는 법. 어려움이 닥
쳤을 때 낙심하거나 당황하면 안 돼요. 용기와 지혜로 이겨내면서 자기를 지켜야 해요.

아홉 번째 이야기

감정을
잘 다스리기

감정은 이성을 짓밟아 버리는 경향이 있다.
감정대로 행동하면 모든 것이 광기로 흐른다.

41 새털 같은 수다

수다쟁이에 허풍쟁이라는 별명을 가진 여인이 있었어요. 마을 사람들은 그 여인의 수다와 허풍에 시달리다 못해 랍비를 찾아갔어요.

사람들은 랍비에게 그 여인의 수다와 허풍 때문에 당한 피해에 대해 이야기하기 시작했어요.

"그 여자는 개미를 보고도 황소를 보았다고 할 정도로 허풍을 떨고 다니지요."

"그 여자는 내가 하루 종일 잠만 잔다고 헛소문을 내고 다녔답니다."

"그 수다쟁이 여자는 나하고 만날 때에는 '어머, 부인은 어쩌면 그렇게 곱지요?' 라고 말하면서 다른 사람에게는 나이에 어울리지 않게 젊어지려고 멋을 부린다고 험담을 하고 다닙니다."

랍비는 사람들이 호소하는 말을 모두 귀 기울여 들었어요. 그리고 그들이 돌아가자 심부름꾼을 보내 그 수다쟁이 여인을 데려오게

했어요.

"당신은 어째서 이웃 사람들에 대해 이러쿵저러쿵 말을 만들어 소문을 내고 다니는 것입니까?"

랍비의 질문에 그녀가 웃으며 대답했어요.

"특별히 제가 말을 만들어내는 것은 아니에요. 실제보다 약간 과장해서 말하는 버릇이 있는 것뿐이죠. 다만 이야기를 좀 재미있게 하려고 그러는 거예요. 그러나 제가 말이 많은 것은 사실이에요."

랍비는 잠깐 생각을 하더니 커다란 자루를 가지고 왔어요. 그리고 그 여인에게 말했어요.

"이 자루를 가지고 광장으로 가세요. 그리고 자루를 열고, 이 속에 들어 있는 것을 길바닥에 하나씩 늘어놓으면서 집으로 가세요. 도착하면 다시 돌아서서 그것을 주워 담으면서 광장으로 가세요."

여자가 랍비에게 받아든 자루는 가벼웠어요. 광장에 도착해 자루를 열어 보니 새털이 가득 들어 있었어요. 날씨는 맑게 갠 가을날이었고 바람이 살랑살랑 불고 있었어요. 그녀는 랍비가 시킨 대로 새털을 꺼내어 천천히 길가에 늘어놓으면서 집으로 갔어요. 집에 도착

했을 때 랍비의 말대로 좀 전에 늘어놓은 것을 주워 담으며 광장으로 가려고 했어요. 그러나 새털은 바람을 타고 여기저기로 날아다니고 있었어요.

　그녀는 랍비에게로 가서 새털을 몇 개밖에 줍지 못했다고 호소했어요. 그러자 랍비가 말했어요.

　"험담이라는 것은 그 자루 속에 든 새털과 같은 것입니다. 한 번

입에서 나오면 다시 주워 담기가 어렵습니다."

여인은 자신의 잘못을 뉘우치고 다시는 수다나 허풍을 떨지 않았대요.

다시 생각해 보아요.

여인이 수다나 허풍을 떠는 건 자신의 감정을 잘 다스리지 못하기 때문이에요. 이처럼 감정을 잘 다스리지 못하면 다른 사람에게 피해를 주게 되지요. 감정을 조절하지 못하고 자기 멋대로 행동하면 사소한 일이 큰 불행으로 변할 수 있어요.

42 여우의 포도밭

여우 한 마리가 포도밭을 기웃거리고 있었어요.

'흠, 포도 좀 따먹어야겠다.'

하지만 울타리가 단단히 쳐져 있었어요. 여우는 빙빙 돌며 살피다가 울타리에 틈이 있는 데를 찾아냈어요. 하지만 틈이 너무 좁아 도저히 들어갈 수가 없었어요. 포도밭에서는 달콤한 포도 냄새가 솔솔 풍겨 나와 여우는 자꾸만 침을 꼴깍꼴깍 삼켰어요. 이 궁리 저 궁리 끝에 여우는 자기 몸의 크기를 울타리 틈의 크기에 맞추기로 하고 사흘을 굶었어요. 굶어서 몸을 홀쭉하게 만드는 일은 쉽지가 않았어요. 그래도 여우는 몸을 홀쭉하게 만들어서 겨우 포도밭에 들어갔어요.

여우는 포도밭에 들어가 맛있는 포도를 배가 터지도록 따먹었어요.

"휴, 잘 먹었다. 이제 그만 나가자."

하지만 여우는 배가 너무 불러 울타리 틈을 빠져나올 수가 없었어요.

다시 생각해 보아요.

여우는 남의 포도를 훔쳐 먹다가 곤경에 처했어요. 포도가 아무리 먹고 싶다 해도 내 것이 아니니 포도밭에 들어가면 안 돼요. 여러분은 어릴 적부터 바른 마음을 갖기 위해 노력해야 해요. 그렇게 하면 청년이 되었을 땐 칭찬을 받는 사람이 되고, 노인이 되면 존경을 받는 사람이 돼요.

# 43 아름다운 섬에 도착한 사람들

항해 중이던 배 한 척이 갑자기 불어 닥친 폭풍우에 그만 항로를 잃고 말았어요. 다행히 아침이 되자 바다는 잠잠해졌고, 멀리 아름다운 포구가 있는 섬도 보였어요. 배는 섬으로 다가가 닻을 내리고 그곳에 잠시 머무르게 되었어요.

그 섬에는 진귀하고 아름다운 꽃들이 만발해 있었고 먹음직스러운 과일들이 주렁주렁 달린 나무들이 널려 있었어요. 그리고 온갖 새들이 아름다운 목소리를 자랑하며 노래하고 있었어요.

그 섬에서 도착했을 때 승객들은 네 부류로 나뉘어졌어요.

첫 번째 부류의 승객들은, 섬이 아름다웠지만 배에서 내리지도 않았어요. 혹 섬을 구경하고 있는 동안 배가 갑자기 떠날까 봐 두려웠기 때문이에요.

두 번째 부류의 승객들은, 서둘러 섬으로 내려가 감미로운 꽃향기도 맡고, 시원한 나무 그늘에 앉아 과일을 실컷 먹었어요. 그리고 즉시 배로 돌아왔어요.

세 번째 부류의 승객들은, 순풍이 불어와 선원들이 닻을 걷어 올리는 것을 바라보면서도 서둘러 돌아오지 않았어요. 그들은 돛을 달려면 아직 시간이 충분하다면서 선장이 설마 자기들을 놔두고 떠나가겠느냐며 과일을 먹으며 마냥 쉬고 있었어요. 그런데 그만 배가 포구에서 미끄러져 나가기 시작하는 것이었어요. 그들은 허겁지겁 물에 뛰어들어 헤엄쳐 겨우 배에 올라왔어요. 온몸이 젖어 대부분 감기에 걸렸어요.

네 번째 부류의 승객들은, 섬에 내려가 그 경치에 도취되어 먹고 즐기느라 배가 떠나는 것조차 몰랐어요. 그들은 결국 섬에서 살았어요. 그들 중 일부는 숲 속의 맹수에게 죽음을 당했고, 또 일부는 독이 있는 열매를 먹고 병이 들기도 했어요. 그들은 낯선 섬에 적응하지 못하고 결국 모두 죽음을 맞이하고 말았어요.

이 이야기에서 가장 자신의 감정을 잘 다스려 지혜롭게 행동한 사람들은 누구일까요?

첫 번째 부류의 승객들은 좋은 것이 찾아와도 그것을 누리지 못했어요. 너무 걱정이 많아 마음에 여유가 없어요. 이런 사람들은 행복한 삶을 살지 못해요.

두 번째 부류의 승객들은 지혜로워요. 그들은 과일을 따먹으면서 적당하게 휴식을 취했기 때문에 몸의 기운도 찾고, 배에도 늦지 않게 돌아와 편안하게 목적지까지 갔어요.

세 번째 부류의 승객들은 배에 오르긴 했지만 많은 고생을 했어요. 그들은 노는 일에 너무 정신이 팔려 있었어요.

네 번째 부류의 승객들은 당장의 즐거움만 생각하는 어리석은 사람들이에요. 그들은 미래를 생각할 줄 몰라요. 그래서 결국 죽음을 당하게 되었으니 이보다 더한 불행이 어디 있겠어요.

다시 생각해 보아요.

목적지에 가야한다는 생각은 똑같을 텐데 승객들이 행동하는 모습은 달라요. 저마다 감정조절이 다르기 때문이에요. 사람이 살아가면서 가장 경계해야할 것은 네 번째 부류의 승객들이에요. 당장 눈앞의 즐거움만 생각해서 미래가 엉망이 되었어요. 나는 어떤 부류의 사람인지 잘 생각해 보아요.

44 약속

한 아름다운 아가씨가 가족들과 여행을 하고 있었어요. 그러던 어느 날, 아가씨는 잠깐 혼자서 산책을 즐겼는데 그만 산속에서 길을 잃고 말았어요. 한참을 헤매던 아가씨는 너무 목이 말라 물을 찾았어요. 그러다 어떤 우물가에 이르렀는데 너무 심한 갈증을 느낀 나머지 두레박의 줄을 타고 우물 속으로 내려갔어요. 실컷 물을 마시던 아가씨는 문득 다시 올라갈 생각을 하니 앞이 캄캄했어요. 아가씨는 울음을 터뜨렸어요.

때마침 그 옆을 지나던 젊은이가 그 소리를 듣고 그녀를 구해 주었어요. 그리고 그들은 첫눈에 반해 사랑을 맹세하는 사이가 되었어요.

얼마 후 젊은이는 먼 길을 떠나지 않으면 안 되었기에 아가씨와 잠시 떨어져 있어야 했어요. 아가씨는 언제까지나 기다리겠다고 말했어요. 헤어지면서 그들은 자신들의 사랑을 성실히 지킬 것을 맹세했어요. 젊은이는 두 사람의 약속을 위해 누군가 증인이 필요하다고 했어요. 그때

마침 족제비 한 마리가 나타나 숲 속을 향하여 가고 있었어요.

아가씨가 말했어요.

"이 우물과 저 족제비를 우리 약속의 증인으로 삼아요."

그들은 우물과 족제비를 증인으로 삼고 자신들의 사랑을 성실히 지킬 것을 굳게 약속했어요. 그런 후 두 사람은 헤어졌어요.

시간이 많이 흘러갔지만 아가씨는 약속을 지키기 위하여 결혼도 하지 않은 채 젊은이만을 기다렸어요. 그러나 젊은이는 까맣게 약속을 잊고 다른 여자와 결혼하여 아기를 낳고 행복하게 살았어요.

얼마 후, 젊은이에게 아들이 태어났어요. 어느 날 아이는 아장아장 걸음마를 하다가 지쳐 풀밭에 엎드려 잠이 들었어요.

그때 어디선가 족제비 한 마리가 나타나더니 자고 있는 아이의 목

을 물었어요. 그만 아이는 죽고 말았어요. 젊은이와 그의 부인은 몹시 슬퍼했어요.

그러나 몇 년이 흘러 또 아들이 태어나 그들은 행복한 나날을 되찾을 수 있었어요.

그런데 그 아이도 어느 정도 걸을 수 있게 되었을 때, 우물가에서 물에 비친 여러 가지의 그림자를 들여다보며 즐거워 하다가 그만 빠져 죽고 말았어요.

젊은이는 그때 비로소 옛날 아가씨와 맹세했던 약속이 생각났어요. 족제비와 우물을 증인으로 삼았던 일도 생각이 났어요. 그는 아내에게 그 일들을 고백한 뒤 아가씨가 살고 있는 마을에 가 보았어요. 그녀는 그때까지도 혼자서 젊은이를 기다리고 있었어요. 젊은이는 자신의 실수로 많은 사람을 슬프게 만든 것을 뉘우치며 슬퍼했어요.

다시 생각해 보아요.

증인까지 세우고 아가씨와 약속을 하고선 젊은이는 다른 여자와 결혼을 했어요. 마음이 움직이는 대로 행동하면 이처럼 나뿐만 아니라 다른 사람까지 불행하게 만들 수 있어요. 약속을 지키려면 자신을 이기는 사람이 되어야해요. 자신을 이기는 사람이 굳센 사람이에요.

45 참된 인생의 비결

한 상인이 거리를 돌아다니면서 큰 소리로 외쳤어요.

"인생을 행복하게 하는 비결을 팝니다!"

인생을 행복하게 해 준다는 말에 많은 사람들이 순식간에 그에게로 몰려들었어요.

"제발 그 인생의 비결을 나에게 파시오."

사람들이 다투어 이렇게 졸라 대자 그 상인이 말했어요.

"사실 사고팔 것은 없소. 참된 인생을 사는 비결이란 자신의 혀를 조심해서 쓰는 것뿐이오. 물고기가 언제나 입으로 낚이듯 인간도 역시 입으로 걸리지요."

인생을 행복하게 만들어 주는 비결을 팝니다!

진짜?

행복?

다시 생각해 보아요.

혀는 인체에서 아주 작은 부분에 지나지 않지만 엄청나게 허풍을 떨지요. 말에 실수가 없는 사람이 온몸을 다스릴 수 있는 완전한 사람이에요. 말을 시작하기 전에 우리는 반드시 말할 가치가 있는지 혹은 누군가를 해칠 염려가 없는지 등등을 잘 생각해 보아야 해요.

머리를 좋게하는 유대인식 질문 놀이

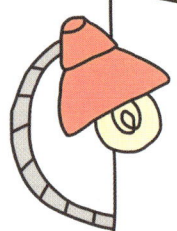

1. 여러분은 자신의 감정을 어떻게 다스리고 있나요?

2. 감정을 잘 다스리지 못하는 사람이 주변에 있나요? 그 사람
   때문에 다른 사람이 어떤 피해를 보았는지 생각해 보아요.

3. 감정을 잘 다스리지 못하면 나에게 어떤 어려움이 닥치게 되는
   지 생각해 보아요.

4. 감정을 잘 다스려 행동하면 어떤 좋은 점이 있나요?

5. 감정을 잘 다스리려면 어떤 노력이 필요한지 생각해 보아요.

감정은 물을 가득 담은 그릇과 같아요. 조금만 잘못해도 물이 쏟아지는 것처럼 감정도
잘 다스리지 않으면 문제가 생겨요. 참을 만한데도 스스로 감정을 주체하지 못해 폭발
하면 주위 사람들을 힘들게해요.

탈무드의 역사

기원전 1500년 경 팔레스타인 지방인 가나안에서 살던 유대인들은 이 세상을 창조한 오직 하나의 신 여호와만을 믿었어요. 하지만 그곳에 흉년이 들어 이집트로 건너갔다가 400년 동안이나 노예 생활을 해요. 비록 지도자 모세를 따라 다시 고향으로 돌아오지만 앗시리아, 바빌로니아, 페르시아에게 계속 짓밟히는 민족적 시련을 겪어요. 하지만 그들은 신앙심을 지키며 자신들을 구원할 메시아를 기다렸어요.

유대인들은 가는 곳마다 회당을 세웠어요. 회당은 예배를 드리는 장소였고 그들이 모여 집회를 여는 장소이기도 했어요. 또 회당은 학교의 역할도 했어요.

회당에서 종교행사를 치루고 각종 교육을 맡아서 지도하는 사람이 랍비예요. 일부 랍비는 생계를 위한 직업을 가지면서 시간제로 봉사했어요. 공식으로 임명받은 랍비가 없는 경우 공동체 안에서 의

가버나움 유대교 회당
이스라엘의 갈릴리 바닷가 마을에 있던 회당. 예수가 설교를 하던 곳으로 알려져 있다.

식을 행할 만한 경건함과 인격을 구비한 사람이 랍비의 역할을 수행할 수도 있었어요. 14세기 이후부터는 랍비들에게 봉급이 지급되었는데, 이는 생활이 어려우면 그 직책을 제대로 감당하기 어렵기 때문이었어요.

랍비들은 모여서 유대의 종교·법률·철학·도덕 등에 관해 다른 각도에서 의견을 발표하며 토론했어요. 이렇게 하여 얻은 토론의 중요한 내용들이 바로 탈무드의 내용이 되었어요.

탈무드는 유대교의 율법, 전통적 습관, 축제·민간전승·해설 등을 총망라한 유대인의 정신적·문화적인 유산으로 유대교에서는 《토라 Torah》라고 하는 '모세의 5경' 다음으로 중요시되고 있어요.

탈무드라는 말은 원래 '연구'라는 의미를 지닌 것으로서 지금으로부터 약 1,200년 전부터 편찬되기 시작하여 현재까지 63권이나 된다고 전해지고 있어요.

팔레스타인에서 나온 것(4세기 말경에 편찬)과 메소포타미아에서 나온 것(6세기경까지의 편찬)의 두 종류가 있는데, 전자는 '팔레스타인 탈무드' 혹은 '예루살렘 탈무드'라 부르며, 후자는 '바빌로니아 탈무드'라고 불러요. 하지만 탈무드는 이것으로 끝나지 않고 앞으로도 계속해서 편찬되는 것으로서 시대에 따라 새로운 말, 새로운 견해가 첨가되고 있어요.

그러므로 탈무드는 유대인들이 5천 년에 걸쳐 쌓아온 지혜서이며 지식의 보물 창고예요. 유대인들은 탈무드를 읽으며 지혜를 얻고 마음을 치료해요. 뿐만 아니라 탈무드를 놓고 논쟁을 벌이며 공부해요. 오늘날도 탈무드는 유대 민족을 넘어 전 세계인의 삶의 지침서가 되어 주고 있어요.

탈무드의 한 페이지

1. 천재가 되는 유대인 식 공부 비법

1. 자신감을 가져요
  스스로 내 머리가 좋다고 믿어요. 그리고 나를 칭찬해요.

2. 스스로 하는 버릇을 길러요.
  시키는 대로만 하면 머리로 생각하지 못해요.

3. 어려운 문제에서는 틀린 것을 속상해 하지 말고 맞은 것을 인정해요.
  그래야 올바른 사고 방향으로 나아갈 수 있어요.

4. '가갸거겨…….' 를 그냥 외우는 것은 아무 의미가 없어요.
  뜻도 모르고 외우기만 하면 싫증이 나요.

5. 나의 '다른 점' 을 중요하게 생각해요.
  나의 개성을 충분히 키우도록 노력해요.

6. 어려서부터 머리를 최대한으로 쓰면 지적 수준이 탁월하게 성장해요.
  누구든지 어려서부터 공부할 수 있는 환경을 가져야 해요.

7. 숙제를 할 때 자료 수집을 많이 해요.
  자료를 짜 맞추고 배열하며 숙제를 하면 머리를 많이 쓰게 돼요.

8. 지식을 못 가진 사람은 아무것도 못 가져요.

   큰일이 났을 때 기댈 수 있는 것은 지식뿐이에요.

9. '배움은 꿀처럼 달다.'는 것을 되풀이해서 체험해요.

   유대인은 처음에 꿀로 글씨를 써서 핥으며 공부해요. 배우는 것은 달다는
   것을 체험하기 위해서예요.

10. 싫으면 하지 말고 할 테면 최선을 다해요.

    후회 없이 노력하는 사람만이 성공할 수 있어요.

11. 결코 배우기를 그쳐서는 안 돼요.

    공부를 놓으면 20년 배운 것도 2년 만에 잊혀요.

12. 신에 대해 생각하는 일은 추상적 사고의 계기가 돼요.

    물질이 아니라 정신의 세계를 깨닫는 일이에요.

13. 남과 두뇌를 비교하지 말고 개성을 비교해요.

    두뇌를 비교하는 것은 차별하는 거예요. 하지만 개성을 비교하면 서로 발
    전할 수 있어요.

14. 책을 가까이 해요.

    책과 친해지기 위해 늘 책을 준비해 두어요.

15. 강제로 하는 과외는 오히려 의욕을 잃게 해요.

    몸과 마음이 학대 받는 일이에요.

16. 머리는 쓰면 쓸수록 좋아져요.

    140억 개의 뇌세포 가운데 우리는 불과 5%밖에 쓰지 못하고 있어요.

17. 어려서부터 여러 나라의 말을 익히는 습관을 들여요.

　어렸을 때 외국어를 한 번이라도 접촉하면 나중에 어학 공부를 하는데 큰 도움이 돼요.

18. 이야기나 우화를 읽고 난 후 그 의미를 스스로 생각해 보아요.

　머리를 쓰는 훈련을 할 수 있고 교훈을 마음 깊이 스며들게 하는 효과도 있어요.

19. 유대인 어머니들은 잠들기 전에 자녀에게 책을 읽어 줘요.

　TV에 달라붙어서 자지 않는 습관이 사라지고 어머니와 자녀 간에 따뜻한 관계가 유지 돼요.

20. 배우기 위해서는 '듣기' 보다 '말하기' 가 더 중요해요.

　분명하게 말을 한다는 것은 밖을 향해 나를 열어 놓는 일이에요. 또한 그것은 '나는 배우고 싶다.' 라는 신호를 계속 보내는 일이에요.

2. 천재로 키우는 유대인의 놀이 교육

1. 개구쟁이일수록 가능성이 있어요.
다른 사람이 하지 못한 것을 생각하고 해내는 능력이 있다면 천재가 될 수 있어요.

2. 장난감은 내가 스스로 골라요.
자기의 개성을 살리는 선택법, 또한 단시간에 결단을 내리는 법이 길러져요.

3. 낙서는 창조력을 풍부하게 길러 줘요.
낙서 노트에 자유롭게 자신을 표현해 보아요.

4. 집단행동이 서툴러도 괜찮아요.
오히려 내가 하고 싶은 것을 택해 노력해요.

5. 장난감을 망가뜨려도 돼요.
새로운 모습을 드러내는 장난감의 내부 구조는 어린이에게 흥미를 북돋워 줘요.

6. 자기보다 나이가 많은 친구와 사귀어요.
연상의 친구는 성장의 발판이에요.

7. 종이접기와 풀기 놀이는 머리를 좋게 해요.
어린이의 지능과 언어의 발달을 도와줘요.

8. 바둑돌은 산수 성적을 위한 가장 좋은 장난감이에요.

단순한 조합으로 무수한 패턴이 만들어지기 때문에 논리에 의하지 않고 직관적으로 파악하는 능력이 키워져요.

9. 숨바꼭질 할 때는 숨고 찾는 것보다 생각하는 게 먼저예요.

닥치는 대로 찾아다니다 금방 찾으면 흥미가 줄어요.

10. 스스로 잡동사니를 정리해 보아요.

쓸모없는 것들을 서랍에 감춰둔 적이 있을 거예요. 정리하다보면 과거에 자기가 무엇에 흥미를 가졌었는지 돌아볼 수 있어요.

11. 결론은 내가 내리는 거예요.

스스로 생각하는 힘이 길러지기 때문이에요.

3. EQ를 키우는 유대인의 교육법

1. 오른손으로 벌주면 왼손으로 안아 줘요.
   아이를 안아 주는 것이 최고의 사랑이에요.

2. 아이를 혼내준 날도 재울 때는 따뜻하게 해 주어요.
   나쁜 감정이 꿈에 들지 않도록 해요.

3. 부모 자식 간에 경계가 필요해요.
   가정의 질서를 지켜야 해요.

4. 어머니는 다른 사람의 간섭을 듣지 말아야 해요.
   신념이 굳은 어머니를 보면서 자라는 어린이가 올바르게 커요.

5. 아버지는 나의 아버지이자 교사예요.
   유대인 아버지들은 뚜렷한 아버지상을 가져요.

6. 친척을 한집안 식구로 생각해야 해요.
   대가족 시스템에서 자라는 어린이에게 다양한 기회가 주어지는 법이에요.

7. 분명한 친구를 선택해요.
   친구에게 영향을 받기 때문에 좋은 친구를 사귀는 것이 중요해요.

8. 아이들의 우정은 부모의 우정과 관련 없어요.
   아이들끼리 친구라고 해서 부모끼리도 친구가 돼야하는 건 아니에요.

9. 다른 가정을 방문할 때 한 살 전후의 아이는 데려가지 않아요.
아기가 남의 집에 가서 아무 것이나 손을 대기 때문에 엄마가 "안 돼."라고
말해요. 그때 자기 행동이 어머니로부터 부정을 받게 되기 때문에 이득이
될 게 없어요.

10. 유대 아이들은 자선을 통해 사회에 눈을 떠요.
탈무드에서 선행은 죽은 후에도 남는다고 가르쳐요.

11. 아이에게는 돈을 주면 안 돼요.
어린이는 돈의 가치를 판단할 수 없기 때문에 돈 대신 선물을 주는 게 좋아요.

12. 음식에 대한 감사는 신에 대한 감사예요.
유대인은 성서에서 금하는 음식을 먹지 않아요. 이로써 유대인은 하나로
뭉쳐요.

13. 성(性)에 대해 사실을 가르쳐요.
사실대로 얘기하면 아이는 쓸데없는 망상을 하지 않아요.

14. 어릴 때부터 남녀의 성(性)에 대해 일깨워 줘요.
남녀의 역할을 분명히 해서 가정의 질서를 지켜요.

15. TV의 폭력 장면은 보지 못하게 해요.
어린이들이 모방할 수 있기 때문이에요.

16. 유대인 아이들은 자기 나라의 전쟁 기록을 보면서 애국심을 길러요.
나찌스에게 당한 역사는 유대인의 다큐멘타리 영화에 남아 있어요. 아이들
은 그것을 보며 다시는 그런 역사를 되풀이하고 싶지 않다는 바람을 가져요.

17. 아이들에게 쓸데없는 꿈을 갖게 하지 않아요.
현실적으로 아무 근거가 없는 거짓을 가르치지 않아요.

4. 바른 행동을 길러 주는 유대인의 교육법

1. 부모에게 맞는 매는 약이에요.
    유대인은 아이를 때릴 때 아프지 않은 부드러운 구두끈으로 때려요. '사랑의 매' 라는 것을 상징하는 거예요.

2. 어머니가 혼내는 것보다 침묵할 때 더 두려워해요.
    어머니와 소통이 되지 않기 때문에 두려워하는 거예요. 하지만 이때 어머니도 많은 것을 뉘우치고 있어요.

3. 시간 관리를 중요하게 생각해요.
    특정한 일을 특정한 시간 안에 끝내야 해요.

4. 아이가 어릴 때는 외식에 데리고 가지 않아요.
    특별한 목적 없이 밖에서 먹는 것이 아이들에게 기쁨이 되지 않고 남에게도 방해가 되기 때문이에요.

5. 유대인은 첫돌이 되기 전엔 아이를 식탁에 앉히지 않아요.
    식사 예절에 대해 알 수 없는 나이여서 식탁을 엉망진창으로 만들기 때문이에요.

6. 유대인 어머니들은 편식하는 것을 용서하지 않아요.
    먹을 때까지 끊임없이 "먹어라." 라고 말해요.

7. 몸을 청결하게 씻는 것을 중요하게 가르쳐요.

   건강을 지키는 데 중요하고 다른 사람에 대한 예의이기 때문이에요.

8. 돈을 쓰는 것보다 저축하는 것을 먼저 가르쳐요.

   돈을 쓰기는 쉽지만 벌기는 어렵기 때문이에요.

9. 겉모양보다 인간의 내면이 중요함을 가르쳐요.

   지나치게 겉치장에 신경 쓰면 내면을 가꾸기 어려워요.

10. 한 가족끼리도 '내 것' '네 것' 이 분명해요.

    타인의 것이나 공공의 것을 어떻게 다루어야 하는지 가르치기 위해서예요.

11. 노인을 공경해야 해요.

    노인이 가진 경험과 지혜를 배우도록 가르쳐요.

12. 유대인은 부모에게 받은 것을 자식에게 갚아요.

    부모는 베풀 뿐이고 자식은 얻을 뿐이라고 생각해요.

13. 복수는 신만이 할 수 있어요.

    남에게 해를 입었다면 빨리 용서하라고 가르쳐요.